Les belles plantes

Du même auteur

Faits d'hiver, Kero, 2015 : Pocket, 2017.
La Femme de dos, Serge Safran, 2018.
Les Fluides, Belfond, 2020.

« Tout seuls, nous sommes incomplets :
nous sommes faits pour être unis. »

Virginia Woolf,
Les Vagues, 1931

À toi

I

LE PLAT PAYS

1

Tu t'appelles Louna. Tu es née sept minutes après moi. Rapporté à toute une vie, ça ne compte presque pas.

Les gens de chez nous disaient que j'étais l'aînée. J'ai pris le rôle qu'on m'avait attribué. Ce truc me suit depuis des années alors même que je ne reviens jamais. Alors même que tu ne comptes plus pour moi.

Chez nous, c'est un pays trop plat. Petite, je m'y sentais chez moi, j'y étais née, j'étais de là. Tu y étais toujours à côté de moi. À l'école, à l'étude, sur la grande table au Relais, on se plaçait tout près. Quand on pouffait de rire, on nous disait : « Filez dehors. »

On était deux corps dans un seul esprit.

Quand notre mère est partie, toi aussi tu as rêvé de fuir le plat pays. Tu ne parlais que de ça. La nuit dans notre chambre avant que tu élises domicile au grenier, tu me bourrais le crâne pour que je pense comme toi. Tu disais que, toutes les deux, on ne ferait pas de vieux os par ici. Que Tout-Y-Faut, c'était le néant. C'était l'ennui. Les bernaches, les hérons pourprés, les martins-pêcheurs des marais, à présent tu t'en foutais. Tu disais « qu'on irait voir ailleurs comment ça fait ». Tu rêvais d'un autre chez toi auquel on n'appartenait pas, l'autre pays d'où venait maman, loin, là-bas, dans les Pyrénées.

Un pays où on n'est plus retournées après.

Après, c'est après maman.

Ça s'est passé le jour du départ pour aller au Pays basque chez nos grands-parents, l'été de nos treize ans. Sur le quai, maman nous avait saluées jusqu'à ce que le train démarre. L'accident, on ne l'a su que le jour suivant. À midi, la sonnerie du vieux téléphone a résonné dans la ferme de Sainte-Engrâce. On était là dans la grange à sauter sur les meules de foin quand Sauveur s'est avancé de son pas instable. Les yeux rougis, il a dit que maman avait eu un très grave accident. Toi tu as pleuré d'emblée, mais moi je n'arrivais pas à comprendre qu'on ne la reverrait jamais. Plus tard pour l'enterrement, papa a fait la route depuis les Charentes jusqu'aux Pyrénées. En apercevant dans la montée sa camionnette blanche qu'on appelait le frigo, on s'est demandé si maman était dedans, et puis juste derrière le corbillard aux vitres teintées a surgi comme dans un dessin animé. Bêtement, on s'est mises à rignocher. On ne pouvait plus nous arrêter. Quand papa nous a embrassées, des larmes de rire recouvraient nos joues. Le jour suivant, ils ont mis Sylvaine en terre et papa nous a ramenées le soir même. Il a roulé toute la nuit pendant qu'on dormait. Après on n'a plus jamais revu le pays de la tombe de maman et de grand-mère Énéa qu'on aimait tant.

C'était l'été de nos treize ans. L'été de maman.

C'est autour de ça que tu as commencé à t'agiter.

À Tout-Y-Faut, les rails devant l'ancienne gare qui nous servait de maison t'aimantaient. Tu te postais juste au-dessus des traverses pour regarder vers le sud en direction de ce pays de gouffres, de failles et de méandres où on pouvait se perdre sous la terre. Tu ne pensais qu'à fuir notre pays « trop lisse », comme tu disais, celui dans lequel on était nées pourtant. Un pays que tu avais aimé à mes côtés avant que noircissent tes pensées.

Une fois par jour, les trains passaient sur la voie ferrée devant notre maison. Des trains qui transportaient des bêtes ou des choses et parfois des gens. Moi, je te tenais par la main tandis que tu te penchais au-dessus du ballast. Je serrais si fort ta paume qu'elle en devenait bleue. Toi, tu n'avais jamais peur du train. Du bruit qu'il faisait. Du souffle qu'il crachait. Du sable, des papiers et des feuilles mortes qu'il soulevait dans son sillage. Tu te penchais si près de la voie que le conducteur faisait tinter son avertisseur dans la ligne droite, deux notes bien distinctes qui faisaient vibrer la membrane de nos tympans longtemps après son passage. Ça disait de s'écarter. Ça disait que la vie est précieuse et qu'on ne joue pas à la risquer. Ça disait de faire des choses de filles de notre âge. De rire. De jouer. D'apprendre à l'école pour devenir quelqu'un. Ça disait d'aimer, et qu'aimer c'est aussi prendre soin de soi. Mais toi, tu n'écoutais pas, et moi, chaque jour, j'avais un peu plus peur pour toi. Quand le dernier wagon nous dépassait, tu lâchais ma main pour aller te recoiffer dans le miroir derrière le comptoir comme si de rien n'était. Mon pouls se calmait mais pas mes peurs. Peur que les caillasses aux arêtes vives ne heurtent tes mollets. Peur qu'à force de battre si près de ce monstre de fer ton cœur explose alors que le mien aussi était mis en danger. Peur de tes élans que je ne comprenais pas. Que j'enviais parfois. Et de toute cette vie qui débordait de toi. Des peurs que je gardais pour moi. Qui m'aurait écoutée ? Caro peut-être, mais je n'ai pas osé lui en parler.

Parfois je me demandais si tu avais toujours été ainsi. À dormir si peu. À parler si fort. Parfois j'avais l'impression que, depuis l'accident de maman, en toi tout avait changé, tandis que moi, j'étais presque la même. Du temps où maman, vêtue de sa blouse à carreaux, empilait encore les assiettes sales sur la table à roulettes, j'imaginais que les adultes seraient toujours là pour prendre soin de nous. Que quoi qu'il arrive, ils pourraient veiller sur toi, même si c'était moi qui étais toujours à tes côtés. Moi qui m'occupais de toi. Moi qui calmais tes humeurs fougueuses. Moi qui profitais de ta joie solaire et de tes colères. Moi qui devinais tes pensées.

Moi qui étais un peu ta mère.

J'avais seulement sept minutes de plus que toi.

Petites, on nous prenait pour les mêmes.

Quand on franchissait le carrefour à vélo, les gens de Tout-Y-Faut se retournaient en lançant : « Tiens, voilà les deux Morte ! »

Toi, tu ne les regardais pas. À cheval sur les principes, tu disais que, les Morte, « on leur doit le respect ». On n'avait pas dix ans et pourtant tu parlais tout le temps de respect. Et puis tu te foutais de ce que ces bedonnants en veste kaki pouvaient bien penser de nos singularités. Pour eux, on était des sorcières. Nos teints diaphanes et nos cheveux achromes faisaient jaser. Et nos yeux de reptiles guettant prudemment le danger, nos paupières un peu lourdes à demi fermées avec ces pupilles marron tirant vers l'orangé. C'est pour tout ça qu'on nous appelait les zombies. « Tiens, voilà les zombies ! », lançaient les routiers. On lisait dans leurs yeux la peur de l'étrange. Certains clients prétendaient qu'on était albinos alors qu'en vrai, on était simplement différentes. Pour eux, nous étions l'œuvre d'une fée. Pour d'autres, un mauvais présage. On ne ressemblait à personne du coin, sauf peut-être à maman qui souffrait de ces bavardages, elle qui aurait tant aimé rester dans l'ombre de sa vallée. Avec son physique à part, elle ressemblait à ces plantes déracinées condamnées à pousser hors sol. Toi, tu étais encore trop jeune pour l'exprimer mais, dans tes yeux, il y avait comme un feu qui brûlait. Un feu qui ne risquait pas de s'éteindre et ça, tout le monde chez nous devait bien l'avoir remarqué.

Tout le monde, sauf moi.

Debout sur tes pédales sans te retourner, tu leur criais : « Même pas peur, la Morte ! » Et moi j'accélérais, gênée de sentir leurs regards sous leur bob Ricard.

Ces types, on les connaissait tous. Pas un d'entre eux ne ratait une occasion de venir au Relais. Des gars qui vivaient dans le coin ou des routiers qui s'accordaient une halte sur leur trajet. Jusqu'à tard après dîner, papa servait des canons à ceux qui restaient dormir dans leur camion sur le terre-plein tout près. Ça durait bien au-delà de l'heure autorisée mais qui s'en serait soucié puisque ceux de la maréchaussée finissaient toujours les derniers ? C'est comme ça qu'on appelait la police à

Tout-Y-Faut : « la maréchaussée ». Un mot qui date de la guerre de Cent Ans. De toute façon, ici, tout datait.

Nous, on datait pas.

On était des fleurs. Des poèmes, même.

C'est maman qui le disait.

Avant.

Maman, elle n'aimait pas que les clients l'appellent Sylvaine. Ce prénom, c'était celui d'une petite fille de sa famille qu'on risquait pas d'avoir croisée puisqu'elle était morte bien avant que maman soit née : sa tante du Pays basque morte noyée à l'âge de cinq ans. Ceux qui avaient baptisé maman ne savaient pas qu'un jour elle prendrait pour mari un homme du nom de Morte. Sylvaine Ibaiarenak épouse Morte, comme la petite Sylvaine de cinq ans. Comment voulais-tu que maman soit heureuse avec un nom pareil ? À l'époque, on ne s'en rendait pas compte mais ce nom, c'était comme des fers aux pieds. Des fers pour rester emprisonnée. Clouée au plancher des vaches dans ce plat pays où elle avait suivi l'homme qu'elle avait épousé, notre maman expatriée d'une vallée où les petites filles de cinq ans se noient dans les gaves des Pyrénées.

C'est sûrement pour ça que maman ne nous avait pas lâchées jusqu'à cet âge. Sûrement pour ça qu'elle ne voulait jamais qu'on rentre seules de l'école. Qu'elle était là, à nous attendre devant le portail dans sa 4L blanche alors que les copains à vélo coupaient à travers champs quelle que soit la saison. Des ruisseaux ici, il y en avait partout quand la pluie tombait, et puis des marais, si bien que, jusqu'à nos cinq ans, notre père râlait tout le temps que maman rentre trop tard pour dresser les tables. Naïvement, toi et moi, on croyait que tout allait durer : papa qui râle au restaurant, maman qui attend devant l'école dans sa 4L cabossée, le paquet de Prince entamé sur la banquette arrière. Pas que ça durerait toute la vie mais quand même, un peu plus que cinq ans. Papa a dû être content quand Sylvaine a cessé de se faire du mouron mais nous, on aimait bien quand maman s'inquiétait pour nous. Juste après avoir soufflé nos six bougies – à nous deux, douze en tout –, maman n'est plus jamais venue nous chercher.

Nous, ça nous allait bien de devenir grandes. Été comme hiver, on sillonnait les routes sur nos vélos rouillés. Entre Loulay et Vergné, la départementale n'était qu'un long ruban d'asphalte tendu entre les platanes, mais on préférait toujours couper par les chemins de terre. Sur les graviers on s'amusait à slalomer entre les nids-de-poule. Il arrivait qu'on s'embourbe et l'une tirait sur le guidon, tandis que l'autre poussait à l'arrière. Les mois où il faisait sec, la castine dessinait un trait blanc sur nos sacs à dos impression camouflage. Jusqu'au milieu du collège, notre vie n'a été qu'un jeu d'enfant.

Des jeux d'enfants, on en avait des tonnes, comme celui des cailloux qu'on balançait sur les voies, à qui ricocherait le mieux sur les traverses de bois. Au passage du train, tu aimais citer les noms des locomotives, tu avais tout appris dans le magazine *La Revue du chemin de fer* qui traînait au Relais. Sur la couverture, le conducteur agitait la main, avec en arrière-plan l'image d'une petite maison dans la prairie semblable à la nôtre.

Mais notre petite maison dans la prairie n'était pas au sommet d'une colline. Au contraire, elle était plantée dans un plat pays. Un pays si plat qu'on pouvait y tracer des voies de chemins de fer sans un seul tunnel et sans un seul pont, sauf celui où maman avait perdu la vie. Un pont inutile qu'on avait construit là trop tôt alors que la bifurcation n'était même pas votée. Nous, on n'aimait pas ça, les ponts des Charentes qui n'auraient jamais dû exister, pas plus que les petites filles qui se noient dans les Pyrénées. Tout ce malheur dans lequel on a baigné sans s'en rendre compte, alors qu'on croyait que la vie, c'était des gars aux bottes crottées qui levaient le coude à la nuit tombée. Des chasseurs avec des canards morts plein les coffres. Des routiers qui trimballaient sous leur bâche des palettes de pâtes à tartiner. Des mamans qui épluchaient des pommes de terre en écoutant RMC. Si nous étions encore proches, j'aimerais te poser une question, une seule : combien de kilos de pommes de terre a bien pu éplucher maman ? Tu aurais une idée ? Je ne te demande pas la lune, juste un chiffre grossier. Cent, mille ou plus ? Pas la peine d'interroger Yann, il ne répondra jamais.

Cette époque est si loin de moi maintenant.

Moi, Stella Morte, trente-sept ans imminents, face porcelaine et allure filiforme camouflée dans mes frusques noires, une vie, un métier, un bel atelier dans le centre de Bordeaux. Presque un mari. Des gens qui payent cher les œuvres que je crée. Des articles dans la presse spécialisée. Pas une star, tout de même il ne faudrait pas exagérer, mais une artiste qui vit de son art. Reconnue dans son domaine bien au-delà des frontières. Invitée d'honneur d'une Biennale internationale à la fin de l'été. Épaulée par un galeriste qui pèse sur le marché. S'offrant le luxe d'un assistant plus que dévoué.

Je suis devenue quelqu'un.

Une femme mariée qui ne parle à personne des histoires de Tout-Y-Faut. Ni du Relais, ni de l'école, ni du collège, ni du passage à niveau près du pont abandonné. Qui n'en parle ni à son mari qu'elle ne voit presque jamais, ni aux enfants qu'elle n'a jamais eus. De notre plat pays, il ne me reste que des wagons de souvenirs incomplets que ma mémoire prend un malin plaisir à effacer.

Une artiste. Tu te rends compte ? ! Là où tu vis, est-ce que tu le sais ? Est-ce qu'un jour, tu es tombée sur un article de presse qui te parlait de moi ? De ce que je fais ? Jamais chez nous personne ne se serait intéressé aux céramiques que je crée et pourtant, c'est bien de ce monde-là que j'ai tiré le terreau de mon art. C'est de ça dont j'ai accouché : des trains qui passaient une fois par jour devant le Relais et de ta main dans la mienne qu'il ne fallait pas lâcher.

2

Un matin à l'atelier des Chartrons, quelqu'un a sonné. Mes mains suintantes d'argile se sont abattues sur mon tablier. Tout de suite, la sonnette s'est remise à tinter. Sur le visiophone s'affichait l'image d'un homme qui ne portait pas la veste jaune des postiers ni l'uniforme gris des coursiers. Sa peau était aussi sombre que les couloirs de ces anciens chais. J'étais sûre de ne l'avoir jamais vu.

J'ai pensé qu'il était trop tôt. Que mes dimanches étaient sacrés. Que j'avais encore besoin d'un silence rien qu'à moi. Que les mots d'un autre, aussi brefs soient-ils, pouvaient me polluer. Une fois encore, j'ai pesté contre Joshua qui m'avait pourtant promis de garder l'adresse de l'atelier secrète. Joshua qui m'avait juré de m'épargner – mais pouvais-je seulement croire à une seule de ses paroles ? Alors j'ai dit à l'homme d'entrer.

Par la porte entrouverte me parvenait le son glaçant des grilles du monte-charge, la machinerie qui s'ébroue, le claquement sec de la plateforme qui marque l'arrêt. J'ai observé mon antre depuis l'entrée. L'échafaudage sous la grande verrière, les tréteaux, les étals d'outils, le grand four Céradel, les pots de caolin, la chamotte, les émaux. Là-haut sur la mezzanine, mon lit défait derrière un paravent. Mes vêtements sur un portant. Ma brosse à dents dans l'évier au milieu des mirettes et des tournassins. « Tu vis dans un hangar », assénait souvent Joshua avant de me laisser seule.

De son pas nonchalant, j'ai deviné que l'homme ne venait pas ici pour me parler de moi. Que mes sphères ne l'intéressaient pas. Qu'il n'écrirait ou n'enregistrerait rien des secrets qui nourrissent mon inspiration. Avant qu'il surgisse de la pénombre du couloir, j'ai perçu un autre frottement. Les roues d'un caddie ou celles d'une valise. Sous les néons, un détail m'a frappée : l'anneau glissé sur une chaînette dorée au cou de l'inconnu. Un bijou que personne d'autre que toi n'aurait dû porter. J'ai attendu, terrorisée par le danger qui s'avançait. Je ne voyais que ça dans le couloir sombre : pas l'inconnu à la peau cuivrée mais seulement cet anneau sur sa chaînette dorée.

J'ai eu peur de ce qu'il allait m'annoncer sur toi. J'ai repensé aux temps bénis où maman portait encore cet anneau de mariée au doigt. Aux souvenirs lascifs de nos après-midi dans la lumière des Charentes à bâtir nos empires, comme ces fragiles pyramides de galets sur les rives de la Boutonne, nos cairns que le professeur de français nommait montjoies. Et les réminiscences de ta lumineuse compagnie – « mon soleil » comme je t'appelais, alors que maman te prétendait « sa lune » – ont précédé les premiers mots qu'il a prononcés, mon nom d'abord, Stella Morte, sans verbe ni sujet, un nom jeté dans l'obscurité rugueuse du couloir désert, tel un appel au secours dans sa bouche d'étranger prudent avançant à tâtons dans un monde hostile où personne ne le désire ni ne l'attend. À croire que toi, pourtant, tu avais désiré cet homme puisque c'est ainsi qu'il s'est présenté avec son fort accent – *le mari de Louna* –, et son identité n'était dans sa bouche qu'une pluie de douceur malgré l'inquiétude que je percevais dans ses yeux. Des yeux pourtant aguerris aux dangers dans lesquels j'ai cru lire le courage de ceux qui franchissent les mers et n'abandonnent jamais, la peur vissée au ventre mais qu'importe, puisqu'ils sont nés du mauvais côté et qu'il faut bien le passer, ce gué, sans aucun cairn pour se guider. Sans aucune chaleur à ses côtés. Un gué qui imprègne baskets et pantalons. Un baiser salé à l'haleine écœurante des plastiques du Zodiac avec rien qu'une envie, regagner la terre ferme et oublier cette épreuve maudite. Voilà tout ce que j'ai imaginé de l'homme qui venait.

A surgi cet objet que j'avais occulté, cette chose noire que j'avais prise pour un caddie ou une valise dans l'ombre du couloir qui conduisait à mon antre caché. Je n'avais pas voulu voir ce qui était pourtant l'évidence, cette poussette qu'il tenait avec fermeté, les mains crispées sur les poignées comme un joyau auquel se rattacher dans le chaos du destin incertain. Un de ces modèles récents qui se plient d'une main, pratique pour les femmes actives qui vivent leur vie à cent à l'heure dans leur tailleur repassé, chargées de doubles responsabilités, et avec le sourire s'il vous plaît. Mais la main qui tenait cette poussette arborait les cicatrices nettes laissées par les outils agricoles désuets d'un autre continent. Une main douée de tendresse, en témoignaient les doux bercements de la petite voiture, un aller puis retour pour apaiser le petit d'homme qui s'y terrait.

Je suis le mari de Louna.

Il me semblait entendre ton prénom pour la première fois.

Louna.

Tant d'années que je pensais à toi sans jamais m'en confier à quiconque, pas même à Joshua qui savait à peine que j'avais une sœur jumelle. Lui avais-je seulement cité une seule fois les noms de Yann, Sylvaine, Tadzio, Simon ou Caro, Énéa ou Sauveur ?

Sur les quais où nous avons marché, il n'a parlé que de toi.

Des cinq années chaotiques passées à tes côtés.

De ta rechute au printemps dernier. De ton hypersensibilité. Assis sur un banc du quai des Chartrons, il a dit ce mot-là. Un mot que Caro avait prononcé il y a bien longtemps quand, après trois jours prostrée dans ton grenier, tu avais décrété que tu ne retournerais plus au collège, tes yeux lézardés comme les maxi calots qu'on échangeait autrefois à la récré, ton visage buté, le même que le mien en beaucoup plus « chafouin », aurait dit maman.

L'homme cuivré prononçait des mots que tu lui avais appris d'un accent chantant.

Des mots souvent décalés, des mots un peu vieillots.

Elle est introuvable

Injoignable

Absente

Et avec tes gestes aussi, comme ce claquement de doigts à hauteur de visage qui s'évanouit dans les airs et puis plus rien.

Partie sans laisser d'adresse

Vagabonde

Moi, j'écoutais ces mots à toi dans sa bouche à lui. Des mots de quelqu'un qui ne comprenait pas qu'on puisse s'en aller comme ça. Quelqu'un à qui tu n'avais pas laissé le choix. Et nous étions là, assis sur ce banc comme deux inconnus qui conversent mais pas de la pluie et du beau temps, tandis que sa main faisait rouler la poussette d'arrière en avant.

Doucement.

Tendrement.

L'enfant était si emmitouflé dans sa peau de mouton qu'on ne voyait de lui que cinq petits doigts potelés.

Il a dit *Je fais quoi, moi ?*

Dans son regard, il y avait trop d'espoirs en moi. Des espoirs ressassés tout au long du trajet. Une attente démesurée alors qu'on ne s'était jamais vus. Le genre de pression que je ne supporte pas, celle qui empiète sur ma liberté, qui m'empêche d'être pleinement moi, Stella Morte, vouée à la seule chose que je sais faire avec de la terre, aussi vivante qu'une Morte puisse l'être.

Il répétait *Je sais pas où elle est* comme on psalmodie.

Les yeux perdus vers l'horizon du fleuve, il disait *De quoi elle peut vivre maintenant ?* comme si seule la question matérielle comptait. Il s'inquiétait de te savoir dehors, toi qui avais passé le plus clair de ton temps à l'attendre dans l'appartement dont il payait le loyer avec ses chantiers, l'enfant pendu à ton sein du soir au matin, même la nuit aussi.

Il a parlé de ces projets fous qui te faisaient rêver. De tes fantasmes de vie au grand air, de cabane de berger à retaper, de bûches dans le poêle en fonte qui vous réchaufferaient, lui, toi et l'enfant, et je t'ai imaginée dans ce tableau charmant, clouant des planches après la tempête, ramassant du petit bois dans le bosquet, tendant l'oreille pour capter la rumeur d'étain au cou des bêtes, une berceuse à mille notes que tu adorais écouter chez les grands-parents les nuits d'été. Dans ce portrait de toi, j'ai reconnu tes lubies vieilles comme le monde et le décor de cette ferme dont nous avons hérité à la mort d'Énéa et Sauveur, et surtout moi l'aînée comme le veut la tradition basque. Souvent l'envie de vendre me prend mais le courage de te contacter me manque. Voilà pourquoi depuis trois ans sans jamais y mettre les pieds, j'en acquitte les factures d'entretien que m'envoie le voisin Monsieur Labat. Je sais par lui que tu n'y vas jamais.

Il m'a dit que tu lui parlais aussi de moi.

De ta jumelle sur qui tu disais que tu pourrais toujours compter.

Celle vers qui tu te tournerais *si tout venait à flancher*.

Des mots à toi dans sa bouche à lui. Des mots vivants hérités de Sylvaine Morte qui atterrissaient sur ces rives de la Garonne.

Il avait bien appris la leçon avec toi comme seule professeure. Toi, le gros lot qu'on décroche au premier pied posé sur le continent sacré, un brin de femme dont jamais on n'aurait osé rêver.

Une belle plante.

Même ce mot tendre de maman, il l'a prononcé sur ce banc gris. Voyait-il en moi une pâle copie de sa bien-aimée ? Distinguait-il sur mon visage quelque chose de toi malgré les marques qui nous différenciaient ? Nous avions vécu plus d'années éloignées qu'ensemble : vingt et un ans *versus* quinze années.

À quoi ressemblais-tu à présent ?

Comment avais-tu pu disparaître aussi brutalement ? Comment avais-tu pu abandonner l'enfant dont tu avais la responsabilité ? Responsable, sais-tu seulement ce que ça veut dire ? Une personne qui doit réparer les dommages qu'elle a causés. Même cet homme que tu avais probablement aimé allait devoir réparer les dommages que tu lui causais, de nouveaux écueils sur son chemin de croix que je me figurais devant ses traits tirés et ses soupirs las de toute cette fatigue accumulée, le dos courbé sur ses chantiers de-ci de-là, jamais au même endroit, alors que toi tu n'avais rien fait d'autre que ça : attendre l'homme et nourrir l'enfant.

Et l'enfant s'est mis à crier. J'ai tourné la tête, croyant bêtement que ce cri s'adressait à l'homme qui ne réagissait pas, ou à la Garonne peut-être, avec ses mouettes en vol stationnaire épinglées dans le vent, mais le bébé semblait vouloir s'adresser à celle qui n'avait jamais voulu d'enfant.

Parce que, au fond, j'en avais déjà eu un, d'enfant.

Toi.

J'étais déjà passée par là.

Au-delà des douleurs de l'enfantement, j'avais déjà éprouvé tout ce qu'éprouvent naturellement les mères, un peu comme ces gens forts de ces troublantes impressions de déjà-vu. Du sentiment maternel, il me semblait tout connaître, comme l'amour ou l'instinct de protection, ou encore cette puissance de louve prête à tout. Toute la tristesse engendrée par cette maternité non désirée m'avait suffisamment tourmentée dans mes jeunes années pour que de nouveau je ne risque pas de m'y frotter. Un enfant, c'est des soucis. Il faut s'en occuper constamment. C'est comme le lait sur le feu, ça peut déborder à tout moment et l'élément se répandant partout – c'était souvent à l'élément liquide auquel j'avais pensé quand la question de l'enfant s'était posée – pouvait provoquer l'extinction de la flamme et par conséquent la fuite d'un gaz indécelable, inodore et invisible, capable de souffler biens et personnes d'un coup. Avec un enfant, il suffisait de si peu pour qu'il ne reste rien de tout ce qui avait été. Voilà pourquoi à l'aube de mes trente-sept ans, je n'avais pas d'enfant et que je n'en aurais jamais.

Ton compagnon me fixait tandis que la colère montait en moi. Une véritable rage que je m'efforçais de masquer.

Toi, faire un enfant comme on claque des doigts. Toi, incapable de supporter la moindre frustration, imaginer mettre au monde un petit être et prendre soin de lui ? Avais-tu eu envie d'un enfant comme d'autres désirent une paire de baskets ? L'avais-tu vraiment conçu sans réaliser à quel point cette décision t'engageait ? Toutes ces questions, je les ai gardées en moi devant son air inquiet.

L'homme cuivré m'a rendu visite un 22 juin. Le choix de cette date n'avait rien d'anodin puisque c'était celle de notre anniversaire. Quand il a cessé de parler, j'ai prétendu que je devais partir. Je crois qu'il m'a crue. Lui et l'enfant se sont éloignés.

Ton histoire n'était pas la mienne.

Je n'ai rien ressenti.

Ni peine, ni culpabilité.

Seule cette colère profondément ancrée.

3

Joshua m'a toujours fait des surprises, des bonnes comme des mauvaises. Tu te souviens que je n'ai jamais aimé les surprises ? Joshua le savait lui aussi et pourtant, année après année, il continuait à ménager le sas singulier du passage des ans. Huit ans que je le connaissais. Huit ans et huit surprises.

Ce 22 juin, une surprise m'attendait. Voyant la date approcher, j'ai prétendu que la fabrication de ma dernière sphère me demandait une attention particulière. C'était une question de taille, de poids, de fragilité et je ne pouvais m'éloigner de l'atelier plus d'une soirée avant la fin du séchage. La folie de ses dimensions hors normes m'y obligeait. Pas de voyage inopiné, pas de grande distance, pas de virée en duo dans un restaurant gastronomique huppé.

La soirée que Joshua avait cru bon d'organiser eut lieu au Cap Ferret. Pour l'occasion il m'avait fallu revêtir la robe noire déstructurée de nos premières fois. Au volant de la berline qu'il s'était payée en puisant dans mes gains, il m'avait lancé : « Ça te va quand même mieux d'être féminine. »

Comme toujours, il conduisait. S'appropriant une citation d'Eileen Gray qu'il proférait en public, Joshua prétendait : « Les artistes ne devraient jamais conduire. Premièrement, ils sont trop précieux ; deuxièmement, conduire empêche leurs pensées de vagabonder là où elles devraient. » Quant au « troisièmement », il l'avait oublié. Pour cette soirée, il avait réuni des partenaires privilégiés : deux galeristes de renom, trois journalistes spécialisés et leurs conjoints respectifs, ainsi qu'une acheteuse d'art d'origine japonaise de passage à Bordeaux. Onze convives à investir les charmes désuets de l'hôtel des Pins où Joshua et moi avions passé notre toute première nuit.

Au menu, l'éclade de moules cuites aux aiguilles de pin. Ce soir-là, la compagnie a beaucoup mangé. Beaucoup bu aussi.

Surtout moi.

C'est ce que je fais quand ça ne va pas.

Je bois.

Dans le milieu de l'art, ces choses-là ne choquent personne, d'autant plus qu'en public je sais donner le change. Tard dans la nuit, quand Joshua m'a ramenée à Bordeaux, l'alcool est monté. Je crois bien que je lui ai parlé de toi. Il m'a aidée à me coucher. M'a bordée. M'a laissée seule dans l'atelier.

Combien de fois avait-il fait ça ?

Quand nous étions seuls, j'avais tendance à laisser aller tout ce qu'au-dehors je préférais dissimuler : l'ivresse, ma tristesse, cette solitude qui me pesait, ma crainte de ne plus arriver à créer, mais presque jamais le récit de mon passé. Quand le lendemain j'émergeais avec difficulté, Joshua n'était jamais là. Cela faisait bien trois ans qu'il n'était pas resté dormir avec moi mais, comme toujours, nos invités n'avaient vu que du feu dans notre couple factice. Devant témoins, nous riions ensemble et nous nous prenions par la main. En public, il me disait que j'étais jolie mais dans l'intimité, c'était autre chose. Puisque la seule chose à préserver de notre mariage était notre image, ensemble nous l'avions choyée. Joshua y tenait. Que seraient devenues les créations de Stella Morte de la galerie de Joshua Stamp sans cet accord tacite ? Sans l'aura de notre duo, moins de presse et moins de commandes. Par orgueil, nous nous étions piégés l'un l'autre.

Tu te souviens du temps où je vidais les fonds de verre sur la table à roulettes dans les cuisines au Relais ? Lycéenne à Poitiers, je suis passée à la bière. Beaucoup de bière, même des litres de bière. Comme mes congénères, j'ai dû avaler un nombre incalculable de pintes. Dans les années 2000, personne ne se préoccupait d'une jeune fille qui tenait bien l'alcool. En France, on appelait ça « faire la fête ». C'est après que les choses se sont corsées. Quand je faisais les vendanges, j'ai découvert le plaisir du cognac. De jour, je souffrais dans les parcelles, les mains meurtries par les sarments malgré mes gants. De nuit, avec les autres saisonniers dans nos tentes en bordure du domaine, nous buvions des bouteilles volées autour d'un feu de camp. Grande Champagne, Petite Champagne, Borderies, Fins Bois, Bons Bois et Bois Ordinaires, en quelques automnes, on les a tous goûtés. Ma préférence allait aux Bons Bois pour leurs arômes fruités. J'avais vingt-trois ans et peu d'idées concernant la suite. Mon diplôme des Beaux-Arts en poche ne valait pas grand-chose sur le marché du travail et je n'avais pas la moindre idée par où commencer. C'est à ce moment-là que je me suis assommée d'alcool les soirs où ça n'allait pas. Jamais pourtant je n'aurais avoué à quiconque que ça n'allait pas.

C'est sûrement le problème.

Avec moi, ça va.

Personne n'a à s'inquiéter. Ni autrefois papa, ni Caro, ni Simon, ni Joshua avant qu'il ne se lasse de moi. Stella boit du cognac jusqu'au bout de la nuit et ça continue d'aller. Les gens disent souvent que, avec moi, on ne s'ennuie jamais. Que ça finit toujours par être drôle. Les soirs où il me prend d'amuser la galerie, l'alcool me rend joyeuse, aimante, inventive, vive, presque belle. En public, mon teint de porcelaine reste immaculé, rien ne transparaît de mes addictions. Si je passe la nuit avec un homme, j'aime le faire parler jusqu'au petit matin. Les hommes adorent qu'on les fasse parler d'eux, il y a tant de secrets alcoolisés révélés dans l'alcôve. Moi, j'écoute. J'enregistre tout. À défaut de confier quoi que ce soit, je deviens la bonne oreille. Une oreille ivre qui sirote de l'or Yak comme des petites gorgées d'éternité dans un verre bombé. Du creux de ma main je tiens le bulbe de ma pipe à cognac en aspirant le liquide ambré. On aime mes manies. On vante ma fantaisie, tandis que mes dérapages solitaires restent secrets.

Jamais personne ne s'inquiéterait pour moi.

À vingt-neuf ans, je galérais toujours de petits boulots en petits boulots sans en voir le bout. Entre vendanges et travaux saisonniers, je continuais à pratiquer ce qui m'avait tant plu aux Beaux-Arts. À Cognac, un céramiste que j'avais rencontré lors d'une dégustation m'avait proposé d'utiliser son four à gaz.

Je passais mes jours de repos dans son atelier à expérimenter des émaux sur mes biscuits sous le regard d'un énorme chat roux. Les mains dans l'argile, j'en oubliais de boire. Façonner mes propres formes faisait de moi quelqu'un d'autre. Peu après cette époque, l'art n'a plus suffi à étancher ma soif.

L'échec de mon mariage avec Tadzio était déjà loin, tu le sais bien puisque tu en es la seule responsable. Quel homme, aussi bienveillant soit-il, aurait pu supporter de construire son couple sur un tel champ de mines ?

Jalouse, tu l'étais.

Et possessive aussi. Infiniment.

Le jour de mon premier mariage que tu avais saccagé de tes frasques incendiaires, je savais bien que ce dont tu souffrais était de me perdre. L'idée de me voir partir t'était tellement insupportable qu'il avait fallu que tu t'interposes entre Tadzio et moi. J'entends encore l'écho des paroles que tu hurlais dans le micro à la noce, le traitant de cochon, l'accusant presque de viol, ce que personne au Relais n'a cru, vu ton comportement aguicheur avec les clients. Aucun ne serait jamais venu s'en plaindre puisqu'ils appréciaient ton manège. Tu te mettais au fond de la salle et tu matais les gars un à un, la tête penchée sur tes devoirs qui n'avançaient pas, l'air faussement boudeuse, une paille coincée entre les lèvres avec ce « slurp » qui attirait les plus discrets jusqu'à ce qu'ils tournent la tête et plongent dans ton regard de braise. Que Tadzio ne soit pas un des leurs ne t'avait pas freinée. Lui, l'étudiant studieux, homme fidèle et futur psychologue, dévoué rien qu'à mes beaux yeux.

En t'approchant si près, que cherchais-tu à atteindre, son cœur ou le mien ?

Ce jour-là, c'est moi qu'il épousait. Le buffet organisé, l'ancienne robe blanche de maman que Caro avait réajustée en hâte, la mairie, l'église, la procession le long de la voie ferrée, la poussière sur le satin de mes souliers, la main gantée de Tadzio dans la mienne, ce mari trop beau pour être vrai, tellement digne dans son costume clair que je ne savais pas s'il fallait en rire ou en pleurer, mon amie Clem levant son verre à la santé des mariés, le Relais plein à craquer et toi, prostrée dans ton grenier depuis le retour de la messe, ne voulant plus parler à personne, « les yeux chien fou », comme aurait dit maman, mimant le détachement les jours précédents, t'obstinant à ne rien faire alors qu'on croulait sous les commandes à passer, les tables à dresser, les dragées à emballer, les choux à faire monter sur le cône à croquembouche. Tu imagines un peu le travail que c'est, une pièce montée pour quatre-vingts personnes ? Et les bouquets de fleurs séchées qu'Énéa avait envoyés à disposer sur les nappes – des nappes blanches pour une fois, pas nos vieilles toiles cirées à carreaux des menus de midi. Et toi, planquée là-haut, qui n'aidais pas… Toi qui refusais d'ouvrir à cette belle âme de Caro qui s'occupait pourtant si bien de nous depuis l'accident de sa meilleure amie. Toujours à tes côtés pendant tes crises, de plus en plus fréquentes depuis que j'étais partie à Poitiers. Toi du haut de tes vingt ans, à l'abri dans cette chambre mansardée où tu avais élu domicile depuis mon départ à l'université. Toi qui répétais à Caro flamboyante dans sa robe rouge que tu ne descendrais pas, et que de toute façon Tadzio ne m'aimait pas. La preuve, tu l'avais chuchotée à travers la porte close : « On a couché ensemble le mois dernier. » Caro avait gardé tes confidences pour elle. Est-ce qu'elle te croyait ? Et puis à quoi bon blesser la mariée ? C'était trop tard pour reculer, la noce battait son plein, la messe était dite, les dés étaient jetés. À travers la porte, Caro t'avait dit que ces choses-là n'étaient pas si graves puisqu'elles s'étaient produites avant. Lui et toi ne deviez jamais recommencer, et gommer ce souvenir de vos mémoires. Le taire surtout. Alors tu avais fini par ouvrir ta porte et pleurer dans ses bras comme une enfant. Tu n'avais pas voulu ça, tu t'en voulais, c'était juste pour tester son amour pour moi. Mais tu continuais de répéter entre deux sanglots : « Il ne la mérite pas. »

Qu'est-ce que tu en savais ?

Tadzio, je l'avais rencontré à Poitiers, dans la ville où j'avais trouvé refuge suffisamment loin de toi pour que je puisse envisager de vivre enfin ma propre vie. Suffisamment éloignée pour que ton état s'aggrave, me confiait Caro les week-ends où je rentrais. Ta haine s'amplifiait, une jalousie bouillonnante envers tout ce qui me concernait, mes études d'art comme mes fiancés, et surtout celui-ci qui s'était aventuré à Tout-Y-Faut. Venir dans notre trou paumé en bordure de marais, et pour quelle autre raison que l'amour, pas vrai ? Et cet amour, tu l'avais piétiné peu de temps avant mon mariage, te faisant passer pour moi dans le noir de l'ancien escalier le soir de ce dîner trop arrosé au cours duquel Tadzio fraîchement intronisé par Yann et ses chasseurs avait un peu chargé sur le pineau des Charentes. Dans cet escalier délabré à l'ampoule grillée, il avait cru que la fille qui l'entreprenait, c'était moi, mais dans une version plus libre. Une moi qui se donnait sans hésiter, haletante et pressée, une moi plus désirable que jamais. Une moi qui le chevauchait différemment dans l'escalier interdit dont papa disait toujours qu'il allait s'effondrer. L'escalier avait tenu le temps de ton assaut. Dans la pénombre tu avais déclamé ton prénom, laissant Tadzio abasourdi par ce qui venait de se passer, le sexe mou et le pantalon aux chevilles.

Pendant ce temps-là dans les enceintes du Relais, le chanteur préféré de maman continuait de s'époumoner :

Si tu n'étais pas mon frère
Je n'aurais pas eu de pitié
Si tu n'étais pas mon frère
Je crois bien que je t'aurais tué
Voler la fille que je préfère
Celle pour qui je revivais
Vraiment là tu exagères
*Tu n'aurais pas dû y toucher**.

Tadzio n'avait rien dit. Après tout, c'était toi la coupable. Non contente de tes méfaits, tu t'en étais pris à lui devant les invités du mariage, les yeux rougis par le chagrin de me voir m'éloigner à tout jamais.

À tout jamais.

C'était ces mots-là que maman prononçait toujours avant d'éteindre le soir, elle qui parlait si peu. Des

---

* « Si tu n'étais pas mon frère » d'Eddy Mitchell.

mots rares imbibés de contes et de légendes de ce pays de Haute-Soule d'où papa l'avait enlevée. Des légendes basques avec des dieux de bien avant les religions, de bien avant le commencement, des vrais dieux ambivalents, « ni bons ni mauvais », disait maman, les yeux brillants de tristesse. Des forces naturelles comme le soleil, les étoiles, la lune, l'air, l'eau, les montagnes, les forêts qui prenaient souvent des formes humaines. Ces Laminak, ces Jentilak, et d'autres créatures dont on peut encore lire le nom sur les stèles rondes des cimetières. Tout cet univers qui a inspiré nos deux prénoms à maman : la lune et les étoiles.

Louna et Stella.

À tout jamais.

4

Tout a commencé à glisser.

Après la visite de l'homme et de l'enfant, je n'arrivais plus à avancer. Il y avait bien les délais de la Biennale à respecter, comme me le rabâchait Joshua dans une avalanche de messages quand ce n'était pas ceux d'Amaury. Est-ce que toi, tu connais ça ? La pression que les autres t'imposent ? L'obligation de résultat ? J'ai toujours pensé que malgré tes déconvenues, à l'adolescence tu avais bénéficié d'une chance : celle de n'être obligée à rien. Après ton refus de poursuivre ta scolarité, aucun de nous n'attendait de toi du concret. Depuis ce temps-là, est-ce que quelqu'un t'a déjà obligée à quoi que ce soit ? Et l'homme à la peau cuivrée a-t-il, ne serait-ce qu'une seule fois, obtenu de toi quelque chose que tu ne désirais pas faire ? Vu sa douceur, j'en doute. Le petit emmitouflé en est la preuve vivante : aujourd'hui pas plus qu'hier, rien ne t'oblige à rien. Pas même à t'occuper d'un innocent à qui tu as donné la vie.

L'enfant sans visage m'obsédait. À défaut de connaître ses traits, je repensais sans cesse aux mouvements saccadés de ses doigts potelés. J'avais beau abuser de mes stratagèmes – mains frottées l'une contre l'autre, étirements et respirations profondes –, rien n'y faisait. Pour faire taire mes angoisses, j'ai plongé mes mains à l'intérieur de la matière. Pourtant, le toucher soyeux. Pourtant, la terre humide sous les ongles. Pourtant, cette caresse unique mais sans le miracle espéré. Pourtant, tout ce que j'aimais mais sans la pulsion vitale qui l'accompagnait.

Des années plus tôt dans l'atelier au chat roux, Joshua avait remarqué mon travail au cours d'une visite. Je n'avais pas encore trouvé mon style. Ma passion allait à ces « dorodangos » japonais, des petites boules de terre parfaitement sphériques que je fabriquais par dizaines. Faute de moyen, j'utilisais le matériau que j'avais sous la main, en l'occurrence les sols tendres et crayeux des champs alentour dont les origines remontaient au crétacé. Une teneur en calcaire élevée dès la surface. Une réserve en eau correcte et une fertilité élevée.

Je composais des sphères parfaites, un véritable jeu de patience à la portée de tout adepte de méditation. Je passais au tamis cette terre ordinaire de silex et d'argile, fabriquant d'un geste rythmique une forme compacte que je faisais rouler au-dessus d'un tissu. Une fois l'humidité absorbée, je saupoudrais la boule sèche de fins grains de terre. Je réitérais le cycle jusqu'à la formation d'une sorte de coquille : séchage, saupoudrage, glissement d'une main à l'autre. Les microparticules adhérant à la surface comblaient le moindre interstice de cette coque désormais lisse. Après quelques jours à l'air libre, mes sphères frôlaient la perfection. Avec un peu de chance, aux journées portes ouvertes elles trouveraient acquéreur pour finir sur une cheminée en équilibre sur leur socle de bois. Ces petits formats avaient émerveillé Joshua, mais le galeriste voyait plus grand pour moi. Un matin, au milieu des vignes, assommée par une gueule de bois qui rendait les travaux des champs pesants, j'avais reçu son appel. En raccrochant, je ne savais plus ce que je faisais là.

Il voulait me représenter.

Tu ne le sais peut-être pas mais, pour une artiste, être représentée constitue le graal. Créer ne vaut rien si l'on reste anonyme. J'imagine ce que tu répondrais à cela. Est-ce que tu hausses encore les yeux au ciel en disant « bla-bla-bla » comme autrefois ? Ça m'arrive très souvent de penser que certaines choses que je dis ou que je fais pourraient t'horripiler. Le souvenir de toi est comme un miroir déformant qui me renvoie une image peu flatteuse, celle d'une femme qui passe ses nuits à boire du cognac en quantité déraisonnable, ne couche jamais plus avec son mari mais finit la nuit avec son assistant, et n'a presque plus d'amies tant elle est maladivement obsédée par ce qu'elle crée. Une femme qui s'est laissé happer par les préoccupations de son complice intéressé par ce que rapportent ses ventes, par ces nouveaux marchés à conquérir, ces nouveaux concepts à explorer dans le seul but de se démarquer dans ce milieu saturé. Mais depuis la venue de ton bébé, j'ai la sensation que tout est vain. J'étouffe dans ce milieu qui n'est pas le mien. Un milieu où j'ai été parachutée, moi la pâlotte des marais, alors que tout me prédestinait à essuyer des verres derrière le comptoir du Relais. L'œil perçant de Joshua a capté le grand vide qui m'habitait. Un vide en permanente expansion dont mes sphères sont le reflet. En m'exposant, il a fait de moi une privilégiée qui peut créer à sa guise. À force, cette chance est devenue une injonction. Parce que le marché réclame du sang neuf, je dois me renouveler. Derrière la porte, je les sens sur mon dos. Ça grogne de surprendre, d'innover. En quelques années, je me suis contentée de changer d'échelle pour rester sincère mais bientôt il leur en faudra plus. Mes sphères monumentales ont remplacé mes billes d'argile mais ça ne leur suffit plus. Joshua ne cesse de me le répéter : je radote à l'infini un motif dont les collectionneurs commencent à se lasser. Il me conseille de regarder ce qui se fait et de m'en inspirer à ma sauce. Selon lui, « l'art n'est qu'un éternel recommencement et toute œuvre n'est jamais qu'une copie », mais quand je me prête à cet exercice, rien ne naît sous mes doigts. Si mes sphères m'obsèdent encore, c'est que seule cette forme exprime mon état. Une coque vide d'une fragilité insensée composée de deux moitiés soudées.

Désormais, l'ambition est le seul lien qui perdure entre Joshua et moi. N'en faire qu'à ma tête reviendrait à le perdre et, sans lui, je serais définitivement seule. Abominablement seule.

Comme je le suis depuis que l'on s'est perdues.

Puisque le nom japonais de mes dorodangos signifie « boule de boue heureuse », j'ai cru à un heureux présage quand Joshua s'y est intéressé. En guise de représentant, j'ai hérité d'un amant et peu après d'un mari. À présent, je dirais plutôt *partner* à la manière des Anglais.

Avec lui, dès le premier soir, les choses se sont déroulées selon un même cérémonial : Joshua qui venait me chercher là où je créchais, Joshua qui ne comptait pas les kilomètres, prétextant aimer rouler, m'invitant à dîner dans des lieux insolites loin de chez moi comme cet hôtel des Pins la toute première fois. M'obligeant par la distance à passer la nuit avec lui. Une nuit de préférence dans de beaux draps, satin de coton ou flanelle parfaitement repassés, écrus ou blancs selon l'établissement, divin au toucher pour mieux s'abandonner. La première fois, Joshua avait habilement réservé deux chambres et le pli fut pris.

Deux chambres et, plus tard, deux appartements.

Deux vies parfaitement distinctes. Séparées.

Aucune porosité.

Après le dîner, nous commandions un dernier verre dans l'une des chambres. Dès que le room service s'en allait, Joshua se jetait sur moi. Nous étions si bruyants que le premier soir, au Cap Ferret, quelqu'un avait frappé contre la mince cloison et nous avions ri. J'aimais son avidité. Avec lui, c'était le sexe brut sans fioritures ni préliminaires, l'amour de ceux qui n'ont pas le temps. Sur une méridienne, contre une armoire, dans une baignoire ou debout, les fesses plaquées contre le verre glacé d'une baie vitrée, mais jamais dans un lit. Des mains, des langues, on aurait dit qu'il en avait mille. Dans ses bras, il me semblait être la proie d'un monstre doté de tentacules voraces. Je n'avais pas à réfléchir, pas à décider. Je subissais tandis que sa flamme me dévorait. D'une main ferme, il retenait les mouvements de mes reins et je restais passive selon sa volonté. Mon ventre attendait sagement son heure.

Dès que je le sentais sur le point de venir, nos corps épousaient une vague de mouvements synchrones. Au point culminant je freinais, craignant sûrement que nos fréquences en résonance ne nous conduisent droit à la chute, comme ces ponts démolis par les pas cadencés des bataillons. J'abandonnais Joshua seul dans la dernière ligne droite. Longtemps, il s'est contenté de ce final décevant. Puis l'espoir de me voir un jour l'accompagner jusqu'au bout l'a quitté. Il y avait en moi une part d'âme que je ne voulais pas lui céder. Sûrement la meilleure moitié.

Si tu le voyais, tu te demanderais ce qui m'a pris d'épouser un type pareil. Joshua n'est ni beau ni laid : il ne ressemble à rien, ne se remarque pas. Aucun signe distinctif à l'exception de ses chaussures. Ni chauve, ni barbu, ni bigleux. Pour se donner un genre, il mixe souvent l'anglais et le français. Il porte les cheveux courts et se rase de près. Pantalon marine, chemise blanche et mocassins à pompons. Oui, tiens-toi bien : l'homme que j'ai épousé en secondes noces porte des mocassins à pompons. Et sans chaussettes ! Des modèles increvables de chez Weston, mais Joshua se fout bien de leur longévité puisqu'il les rachète chaque année. Même couleur, même forme, mêmes pampilles. Car je le sais maintenant : ce qu'on appelait vulgairement « pompons », quand on raillait les mocassins du prof de maths, se nomme en réalité pampilles. Je serais ravie de te l'apprendre si tu te tenais devant moi, bien qu'il soit difficile de replacer ce mot dans la conversation. À moins que tu ne reviennes vite accrocher un autre genre de pampilles en velours au tapis d'éveil du petit emmitouflé… Car ton bébé doit ressentir un terrible manque de toi. D'après son père, tu n'as pas donné signe de vie depuis mai dernier. Un mois que l'enfant braille de jour comme de nuit. Un mois que, pour travailler, il doit le confier aux bons soins de la patronne fleuriste qui l'emploie occasionnellement comme livreur. Un mois qu'il se demande comment il va s'en sortir avec un bébé sur les bras, même si c'est un bébé français, alors que lui n'a pas encore ses papiers et que, pour les obtenir un jour, il devra faire preuve d'un parcours sans faute. Je me demande si c'est pour ça qu'il t'a choisie. Après tout, quelle importance qu'il t'ait aimée pour ce que tu étais ou pour ce que tu lui apportais. Joshua a bien tiré profit de ma créativité puisque sa galerie ne serait jamais devenue aussi prospère s'il ne m'avait pas rencontrée, séduite, épousée puis encouragée à produire sans trêve en juge bardé d'exigences. Lui et moi avons grandi ensemble. À sa façon, son opportunisme m'a permis de me développer moi aussi, mais était-ce pour mon bien ? Son ego et sa mégalomanie ont soufflé dans le creux de mon oreille des motifs monumentaux qui n'existent nulle part ailleurs. En engageant Amaury, Joshua m'a permis d'atteindre les limites de l'impossible en matière de dimensions. Matières premières, cuisson, installation innovante et coût de fabrication, j'avais carte blanche. Rapidement, nos prouesses techniques ont attiré les regards. Fragilité et gigantisme s'accommodent rarement et pourtant mes sphères existent. Blotties dans leurs caisses sur mesure, elles voyagent dans les fondations du monde entier. En exploitant ce vide jusqu'à lui faire perdre son sens, Joshua a fait de moi un marché de niche. Avait-il tout imaginé d'avance ? Tout calculé ? Jusqu'où me soutiendra-t-il si je ne lui donne rien de nouveau à exhiber ?

Ton mari, lui, ne devait rien attendre de toi que tu puisses donner. Quand tu as disparu, c'est ta présence qui lui a surtout manqué. Vers midi, quand il s'est réveillé encore épuisé par sa nuit sur un chantier, l'appartement était vide. L'enfant pleurait et tu n'étais plus là. Alors il l'a nourri de ce lait maternel encore tiède que tu avais laissé dans un biberon. Sur la table basse, la tireuse n'était plus à la place où elle se trouvait toujours à portée de sein. Que tu partes avec cet objet l'avait inquiété. Mû par un mauvais pressentiment, il avait ouvert les placards. Dedans, il y avait tellement de vêtements qu'il n'arrivait pas à voir ce qui pouvait manquer. Tout le jour d'après, il avait interrogé les commères du quartier. La voisine du second t'avait vue avec un sac à dos prendre le bus vers huit heures du matin. La gardienne te prétendait encore endormie sur la pelouse du Parc en Ciel, mais ton mari savait que tu n'y étais pas. Bien au-delà de l'embarras dans lequel ton départ le plongeait, il avait de la peine. Peine pour l'enfant qui braillait son refus devant la tétine censée remplacer la douceur de ton sein. Peine de t'avoir perdue, toi, sa compagne depuis cinq ans, un rocher auquel se raccrocher, une présence à ses côtés dans la nuit hostile. Toi qui l'avais aimé, jouant et riant avec lui comme une enfant alors que lui n'avait plus joué ni ri depuis si longtemps, devenant pour lui cette terre d'accueil, une île fertile sur laquelle tout pousse, les rires comme les pleurs et même les bébés. Un toit sur la tête, un sol sous les pieds, un ventre à chérir. Votre monde jusqu'à ce que tu disparaisses comme « on claque des doigts et puis plus rien », comme tu disais souvent.

Où es-tu maintenant ?

Mais il ne faut pas que je pense à toi.

Prendre la terre entre mes mains. Oublier ce mal de crâne qui cogne sur mes tempes. Plaquer cette moitié du demi-moule en maîtrisant la pression. Recouvrir la surface extérieure d'une dernière couche de glaise. Essuyer mes mains visqueuses sur le tablier trempé. T'oublier en plongeant dans le faire. Surtout oublier les petits doigts potelés. Passer ma main dans mes cheveux et sentir mes mèches engluées d'argile. M'en irriter. M'irriter de tout. Du retard d'Amaury ce matin. De Joshua qui m'accable de messages pour m'arracher un consentement concernant la Biennale. M'irriter de l'élasticité suspecte des matières premières ou du taux d'humidité trop élevé sur l'hygromètre mural. Des huisseries grippées de cet atelier qui me coûte une fortune. M'agacer de ne pouvoir ouvrir en grand les verrières dans la chaleur de l'été. Tirer les stores au zénith pour que le soleil n'atteigne pas directement ma sphère. Maudire ces plafonds trop hauts, ce four encombrant, l'instabilité de ce demi-moule prêt à valser à tout instant, remettre une fois de plus ce morceau de Nils Frahm, se laisser hypnotiser par ses boucles virtuoses puis laisser fondre un cachet dans le verre à dents. Le boire d'une gorgée. Monter sur la mezzanine et me laisser tomber de tout mon poids sur le matelas. Enfouir ma tête dans un oreiller et pleurer.

Tu vois ? Il n'y a que toi pour me faire cet effet-là.

Que toi pour me remuer comme ça.

Depuis toujours, je tente de vivre sans penser à toi mais ta présence ne me quitte jamais. Les questions que je t'adresse restent sans réponse. À force, je ne sais même plus si c'est à toi que je parle ou à une part enfouie de moi-même. Une part que j'ai laissée derrière moi du temps où tout était à sa place chez nous, loin de cette ville précieuse, de ces terrasses de cafés, de ces échoppes poudrées et de ces gens bien mis, toute cette bonne société à laquelle je n'appartiendrai jamais. Quoi que je fasse, je n'y arriverai pas, quand bien même l'union parfaite que j'exprime dans mes œuvres leur paraît si familière.

En bas, j'entends des pas.

Amaury ?

Oui, c'est moi. Ça va, toi ?

Non, ça ne va pas mais je ne le lui dirai pas. Quand je suis sobre, les mots de l'intime ne me viennent plus aussi facilement. Le béton brut s'effrite au-dessus de mon lit. Bien qu'il soit tôt, j'ai déjà envie de boire un verre. Je sais que Joshua attend avec impatience cette pièce majeure quasi achevée. Il a dû bassiner son complice pour que j'avance à bon rythme car Amaury insiste tout en m'embrassant langoureusement. Le sourire charmeur de la jeunesse en polo piqué, il m'autorise un verre, un seul, à condition que je m'y remette dans l'heure. Mon assistant n'est que le prolongement de son maître, il fait ce qu'on lui dicte, y compris les égarements charnels dans lesquels la promiscuité nous a fait parfois déraper. Mais la venue de ton homme et de ton bébé a semé le trouble en moi. Faut-il encore que je m'attelle à cette sculpture qu'on attend de moi ? Arriverai-je à t'oublier ainsi ?

Quel sens aurait mon geste s'il n'est qu'une fuite ?

Où en étais-je avant ces deux verres ? Ce matin, l'alcool me monte si vite à la tête que, sur l'échafaudage, Amaury doit m'aider à garder l'équilibre. Pour prendre du recul, je me pose dans le fauteuil crapaud et je ferme les yeux.

Est-ce que tu penses parfois à moi ?

Le carillon de treize heures a retenti. J'ai dû m'endormir. Amaury brandit le téléphone au-dessus de mes yeux.

Joshua, tu le prends ?

Je fais non de la tête et me lève. Autour de moi le fatras de ma vie sans cloisons. Je fouille dans l'armoire et attrape ma besace. J'y glisse le strict minimum et quitte l'atelier, laissant le travail inachevé. Sur l'écran de mon téléphone en charge dans l'entrée, trois nouveaux messages de Joshua s'affichent déjà. Je le repose sur la console comme si ce contact de l'objet me brûlait la peau. Un pas de plus et j'atteins le couloir où Amaury me poursuit.

Et la Biennale ? Et Joshua ?

Il tente de me raisonner mais je ne l'écoute pas. La seule chose dont j'ai besoin à présent, c'est de revoir ton enfant pour comprendre qui tu es, et peut-être qui je suis aussi.

Je jette un dernier coup d'œil derrière moi. Sous la grande verrière, ma sphère trône au centre de la pièce. Dans la lumière tamisée, ses proportions m'impressionnent.

On dirait un ventre.

5

Je prends un de ces TER qui passaient devant chez nous. La locomotive ne ressemble plus à la BB 67400 qui longeait notre terrain. À la place de sa silhouette cubique aux arêtes gris-bleu, une tête profilée bleu électrique aux contours démodés dès la sortie d'usine. Dedans, plastiques, résines, et métal coloré singent la modernité. Rien à voir avec les parements imitation bois et les cadres photos des régions de France que nous aimions contempler, maman, toi et moi lors de nos transhumances d'été. Plus tard, promis juré, nous découvririons ensemble ce monde en noir et blanc pour de vrai. On avait toute la vie pour ça.

À la gare Saint-Jean, j'achète une boîte de cannelés en guise de déjeuner. Tu vois, malgré ma maigreur manifeste, j'aime toujours autant le sucré. Mon train traverse Pessac, Biganos-Facture, Ychoux, Labouheyre, Morcenx, Dax, Puyoô, Orthez, Artixe et enfin Pau, la ville où tu t'es installée avec l'homme cuivré.

Je me souviens du temps où tu voulais devenir conductrice de trains. Tu disais que bientôt la Société nationale des chemins de fer aurait besoin de femmes, et que tu serais la première embauchée au milieu de machos pires que les routiers du Relais. Tu avais toutes les qualités requises : l'amour du voyage, la dextérité. La preuve, papa te félicitait toujours lors des séances de conduite sur le terre-plein les dimanches après-midi. De vos moments à vous, tu rentrais tout sourires. « J'ai fait mon premier changement de vitesse. J'ai fait mon premier demi-tour. J'ai fait ma première marche arrière. » Il n'y a que les démarrages en côte que tu ne faisais pas puisque, des côtes, il n'y en avait pas. En te donnant goût à cette liberté, papa entrouvrait une brèche alors que, en réalité, il nous rêvait sédentaires. Papa rêvait le monde de demain à l'image de celui d'hier : maman derrière le comptoir, papa aux fourneaux et toi ou moi aux manettes de sa modeste affaire. Peu importe si nous ne voulions pas de ces places que papa-parti-de-rien nous avait attribuées.

À sa place, maman n'y était plus non plus depuis qu'elle avait quitté ses Pyrénées. Toute l'année jusqu'à ce qu'elle y retourne les deux mois d'été, la monotonie des plaines des Charentes froissait son regard rompu aux reliefs d'ampleur. Les conches et ruisseaux des marais ne rivaliseraient jamais avec les torrents et les combes des massifs de Haute-Soule. Chez nous, rien de notable à explorer sous terre, si ce n'est des galeries de taupes ou de ragondins. Le seul intérêt des Charentes, « c'était vous », disait-elle, ses deux jumelles à la peau aussi dépigmentée que celle de cette espèce de coléoptères qu'on avait observés dans la salle de La Verna, là-bas.

Il fait frais dans le wagon. Rien à voir avec la chaleur moite des compartiments huit places de notre adolescence. À l'époque, neuf heures de train, ça ne nous paraissait rien. Avec maman, nous faisions trois changements, un à Saintes, un à Bordeaux, un à Pau puis direct jusqu'à Oloron-Sainte-Marie. Dès l'aube, nous embarquions chargées comme des baudets pour ces deux mois de liberté. Le jour fatidique où nous étions parties sans elle, maman avait noté les numéros des lignes sur un papier que j'ai toujours quelque part dans la grande malle : 17, 15, 52 et 55. Avec ta mémoire des chiffres, je suis sûre que tu t'en souviens même s'ils sont majoritairement impairs.

D'ordinaire, maman partait avec nous mais, l'été 91, Yann avait refusé qu'elle nous accompagne. « Trop de travail avec l'agrandissement du Relais », avait-il décrété. Le projet de la déviation lui était monté à la tête l'hiver précédent et notre maison avait vu défiler tous les corps de métier. Quand il ne bricolait pas lui-même, papa avait orchestré les travaux de la grange réaménagée en cuisine et ceux de l'extension du restaurant. Les mois froids, on avait coulé des chapes et monté des cloisons. En mai, le nombre de couverts avait triplé, alors c'était tout vu. Cet été, nous irions seules au Pays basque tandis que maman resterait aider papa en salle.

Le jour de l'accident, Sylvaine avait agité son mouchoir depuis le quai, les yeux rougis de nous voir partir sans elle. Toi, tu me faisais la gueule alors que je n'y étais pour rien. Dans le train, c'est moi qui avais tiré ta main, moi qui t'avais guidée jusqu'au compartiment libre, moi qui t'avais dit : « Mets tes affaires dans le filet, assois-toi là, sors ta gourde et ta BD. »

Quand le train avait démarré, nous n'avions plus parlé, les yeux rivés à la fenêtre de gauche, la première qui voit la maison a gagné. Et elle était apparue dans la grande courbe avant Loulay, notre fière petite gare détournée de sa fonction originelle sous le crachin de juillet. De loin, on distinguait sur la devanture l'inscription RELAIS GOURMAND avec le chenapan assoiffé de la bière Fisher chevauchant son tonneau. Au premier étage, rideaux tirés, le plafonnier de notre chambre était éteint. Pendant deux mois, plus de « bonne nuit, les zombies ». À la place du plat pays, nous filions vers les lapiaz de haute montagne. À la place du murmure des épis, le tintement des sonnailles dans les estives. Les grondements des orages sur les Pyrénées. Les nuages lourds d'électricité. Et les trombes d'eau soudaines, les torrents déversés sur les roches, les éclairs d'août déchirant l'anthracite du ciel, le chant des gaves et partout le danger de ces gouffres à nos pieds. Tout un monde inconnu. L'ancien monde de maman où elle ne retournerait plus jamais. « Trop de travail », avait dit Yann pour l'en dissuader. Peut-on empêcher les gens toute une vie durant ?

De notre dernière transhumance d'été, je me souviens surtout de ma peur quand je t'avais cherchée de wagon en wagon. C'était un de ces trains d'avant. Une machine infernale sortie du passé, un modèle antique élancé sur les rails dans la lumière de ce début d'été. On observait par le hublot arrière les papiers gras qui s'envolaient dans notre sillage. Le bruit nous assommait. Ma main reposait sur ton épaule nue. Tu portais un bandana rouge sur tes cheveux rasés. À cause de tes conneries, on ne se ressemblait plus.

Dans les couloirs que nous traversions, tu jouais les dures, toisant les voyageurs solitaires dans leur compartiment, surtout les hommes mûrs que je ne remarquais pas. Au dernier conseil de famille, après ton bulletin torchon et tes provocations, papa avait décidé de te laisser partir avec moi. Je crois surtout qu'il n'avait pas envie de ta mine renfrognée pour le premier été du nouveau Relais. Moi, j'attendais le verdict dans l'escalier et toi, du bout du jardin, tu m'avais fait le signe de la victoire. Ça voulait dire quelque chose que je ne comprenais pas comme tout le reste de ton langage ces derniers temps. Pas plus que les conneries que tu faisais. Ni pourquoi tu les faisais. Ni les mots haineux que tu marmonnais. Pourquoi tu leur déclarais la guerre ? Pourquoi ils nous laissaient partir seules ? Est-ce que tu avais chaud toi aussi dans ce wagon ? Est-ce que c'est pour ça que tu retirais ta veste militaire, avec dessous ce tee-shirt que papa t'avait interdit de porter moulé sur tes seins, cette langue tirée d'une bouche avide de féminité avec marqué « pierre qui roule » en anglais.

Le cri de ferraille m'épuisait. Avec toi si rebelle, ce trajet que j'aimais tant n'était plus une fête. Au dernier tronçon, je m'étais endormie sur la banquette. À cet âge, on dort n'importe où, n'importe comment. À mon réveil, en gare de Dax, tu n'étais plus là. Quand le train était reparti, dans le filet la présence de ton sac m'avait rassurée et je m'étais égarée un temps dans la contemplation des photos. La Savoie. La baie du Mont-Saint-Michel. Biarritz. Cette dernière était ta préférée.

Tu voulais que, toi et moi, on aille voir le Rocher de la Vierge avant de perdre notre virginité.

Mais ta virginité n'attendait pas.

Quand j'ai compris que tu ne reviendrais pas, j'ai marché de wagon en wagon. Ma vitesse m'a surprise, j'avais la sensation d'aller plus vite que le train. Je courais pour ne pas perdre l'équilibre. C'est toujours ce qu'on faisait sur les rails à Tout-Y-Faut : courir pour ne pas perdre l'équilibre. Sur une plateforme entre deux wagons, des militaires m'ont souri bizarrement en retenant le loquet. Est-ce que toi aussi tu avais mal au crâne, est-ce que le cri d'acier n'était plus qu'un son continu dans ta tête ? L'odeur âcre de la fumée qu'ils recrachaient par leurs narines t'écœurait-elle ? Le plus grand a poussé l'autre du coude. Un troisième m'a empêchée de passer. Par terre, il y avait une forme avachie.

Et cette forme, c'était toi.

Ça claquait dans le passage à niveau. Des pistons, des bielles, des vérins comme des coups de fouet. Sur la voie opposée, un train a hurlé en deux temps. Tu étais à terre, assise en tailleur, le dos en appui contre les soufflets poisseux, le regard stone. Et sur ta poitrine cette bouche des Rolling Stone qui continuait de grimacer. Tes cuisses nues portaient le sceau de la plate-forme du train. Tu avais l'air de rire et pourtant rien ne semblait drôle ici.

Tu avais fait quoi pendant tout ce temps ?

Tu n'as même pas bronché quand j'ai empoigné ton bras. Je ne t'ai pas laissé le choix. Je t'ai ramenée là où tu aurais dû rester.

Près de moi.

À la gare de Pau, les taxis encombrent le parvis. Sur un bus s'affiche le nom de ton quartier. Sans réfléchir, je grimpe dedans. Des bus, je n'en ai plus pris depuis des années. À Bordeaux, lors de mes rares sorties de l'atelier, je me déplace toujours en taxi. Les soirs de vernissage, Amaury me conduit dans sa Toyota grise. L'accident de maman m'a rendue allergique aux transports en commun. Pour mes déplacements à l'autre bout de la France, Joshua m'oblige parfois à prendre l'avion. Une artiste de ma renommée ne doit pas perdre son temps. Étais-je pour lui un champ de culture intensive qu'on surexploite en m'abreuvant de grands crus en guise d'engrais jusqu'à ce que la production se tarisse ? Savait-il que quelque chose d'autre m'inspirait ? Quelque chose de plus fort que les 41 degrés d'alcool qu'il m'offrait par caisses ?

Quelque chose ou le manque de quelqu'un.

À la Cité de l'Ousse-des-Bois, une dame m'indique ton bâtiment : une tour coffrée de bois et d'acier. Je déambule jusqu'à l'entrée B2 à l'adresse que l'homme cuivré a notée sur un papier. La porte du hall est grande ouverte. Sur le palier, l'oreille plaquée contre le mélaminé, j'écoute. Des nouvelles du jour, des publicités, des musiques venues d'ailleurs. Au troisième étage, je perçois les voix aiguës d'un dessin animé. Je sonne et son visage apparaît. Alors c'est là que tu vis depuis cinq ans ? Dans cette bonbonnière colorée aux étagères envahies de bouquets de fleurs séchées ? C'est donc là que tu as aimé et pouponné. Là que tu as fomenté en silence tes projets de fuite ?

Ton mari n'a pas l'air surpris de me voir, comme s'il s'y attendait. Depuis que je l'ai croisé, il n'a pas eu de nouvelles de toi et maintenant je suis là, debout devant cet enfant dont je distingue le visage pour la première fois.

C'est Eddy.

Eddy ?

Vraiment ?

Comme le chanteur préféré de maman ? « J'aimerais avoir seize ans aujourd'hui... Avoir la vie dont je rêvais mais en sachant ce que je sais. » C'est à ces paroles que tu pensais quand tu as donné ce prénom à ton fils ? Je me fais sûrement des films... Peut-être que pour toi le passé ne compte pas et que, à l'inverse de moi, tu ne passes pas ton temps à questionner une absente qui ne te répondra jamais. Peut-être que c'est ton mari qui a choisi le prénom d'Eddy à la mémoire d'un parent laissé derrière lui dans son pays où le soleil brûle si fort que les récoltes s'évaporent sur la terre craquelée.

Eddy me regarde comme une bête curieuse. Est-ce qu'il te voit en moi ? Est-ce qu'aujourd'hui encore, ton visage ressemble au mien ? J'ai dû poser cette question à haute voix car ton mari me tend un cadre photo : un cliché de toi avec l'enfant nu dans tes bras. Tu poses sur une plage devant l'Océan, ta poitrine opulente nouée dans un paréo fleuri. Tu as beaucoup grossi. Ça fait drôle de te voir maintenant, tes cheveux blonds noués en chignon vaporeux. Toujours ce teint de porcelaine mais l'ovale de ton visage s'est alourdi. Tes yeux ont toujours la même couleur fauve, la marque des Ibaiarenak. Au-delà de nos différences, nos airs de zombies perdurent.

Eddy me tend les bras. Par réflexe, je soulève son corps drapé d'une turbulette panne de velours. Mon geste est une erreur et je le sais. Je devrais le reposer tout de suite mais je ne peux pas. Il s'accroche à mon cou et je ferme les yeux. Eddy sent bon l'odeur d'amande douce du liquide vaisselle qu'utilisait maman. Ses yeux, eux aussi, sont en amande. J'ai envie de l'appeler comme ça : Amandeddy. Du pouce et de l'index, il s'agrippe à ma joue. Je ris. Adossé au mur, ton compagnon me sourit.

Moi, c'est Sofiane.

Son prénom est comme une caresse. Un peintre que je connais le porte, lui aussi. J'ai appris récemment que ce prénom signifie « l'homme qui marche rapidement ». Il y a dedans Sophia, la sagesse. Sofiane est aussi calme que la première fois mais, sur son visage lisse, des cernes bruns se sont étonnamment creusés. Sûrement les signes d'un célibat forcé. S'il était une sculpture, je le nommerais « le fataliste inquiet ».

Je décline son invitation. Pas question de dormir sur le canapé de ton salon. Dans une chambre d'hôtel non loin, je reprends des forces. Le cognac du mini-bar est franchement mauvais mais je m'en contente : un médiocre Courcel V.S. se vantant d'une double distillation en fûts de chêne. Dès la première gorgée, ses saveurs trop franches d'arômes vanille et pruneaux saturent mes sens. Je vide méthodiquement les quatre mignonnettes jusqu'à la dernière goutte puis je fais ce que l'on fait dans ces moments-là : zapper sur des émissions de variétés, regarder les voitures passer en bas, écouter leur mélodie sur l'asphalte mouillé. Rues désertes, seuls un chien et son maître sur le passage clouté. Je fais ce que tu devais faire parfois chez toi depuis la fenêtre de ta cité : remplir le vide. Quand les murs de la pièce se mettent à tanguer, j'éteins. Au plafond les petits yeux d'Amandeddy flottent dans la lumière des phares.

6

Quand elle me voit pour la première fois, la psychiatre de l'Institut Henri-Mondor ne peut cacher son étonnement. *Les mêmes yeux.* Pour le reste, elle ajoute que *la maladie a fait son œuvre.*

Maladie.

Mon cœur se serre au mot que Sofiane a scrupuleusement évité en me donnant les coordonnées de ton médecin. Une chose qui vient de très loin me fait dérailler. C'est comme si des émanations toxiques inondaient mon corps tout entier. Tu es donc malade ?

Ta psychiatre m'explique que tu es atteinte d'une pathologie malheureusement courante.

Louna est bipolaire.

Maniaco-dépressive si vous préférez, croit-elle bon de préciser.

Tes humeurs sont comme les montagnes et les vallées. Là où d'autres vivent de petites sinusoïdes timorées, toi tu t'envoles vers les sommets ou, au contraire, tu plonges à pic dans les gouffres profonds. Par moments, tu t'éteins complètement et peu après tu frôles le chaos. On ne te tient plus. Volubile, bavarde, perdant le sens des réalités, parlant sans penser, agissant librement, suivant tes pulsions, dépensant sans compter, mentant éhontément, allant jusqu'à manipuler les gens puis souffrant affreusement de l'avoir fait. Les voisins ne te reconnaissent plus, les employeurs te fuient, les nouveaux amis te bannissent, la banque te radie. Après la chute, il te faut parfois de longs mois pour remonter la pente. C'est la raison pour laquelle, chez vous, Sofiane s'occupe quasiment de tout : pour te permettre de mener normalement ta vie.

La tienne, et maintenant celle d'Eddy.

Pourquoi chez nous, personne n'a jamais parlé de ça ?

La psychiatre dit que ta maladie est très courante mais qu'autrefois on n'en parlait pas. Plus de deux et demi pour cent des Français en seraient atteints. Dans un passé récent, on préférait attribuer ces crises à d'autres raisons. De nombreuses familles sont complètement passées à côté du diagnostic alors qu'il existe des traitements efficaces pour soulager le malade et son entourage. Mais encore faut-il accepter de se soigner. Pendant son laïus, j'ai dû perdre le peu de couleurs que j'avais, car la psychiatre me tend un verre d'eau et ouvre tout en grand avec empressement. Par la fenêtre, j'aperçois un groupe d'adolescents qui font du tai-chi-chuan sous un saule pleureur.

Ta psychiatre sait tout de toi.

Puisqu'il n'y a rien de secret, j'apprends que tu t'es mariée il y a un an. À sa naissance, Eddy a obtenu la nationalité française par toi, sa mère. Dans ce genre de situation, il faut à ton mari deux ans de contributions à l'entretien et à l'éducation de l'enfant pour pouvoir prétendre à la carte de séjour « vie privée et familiale ». En attendant ce délai, son statut de sans-papiers ne lui donne aucun droit sur votre enfant, d'où l'embarras dans lequel ton absence le plonge. Il est urgent que vous alliez déposer ensemble la demande afin qu'il puisse présenter le récépissé, mais encore faudrait-il que tu sois là. Tant qu'il est en situation irrégulière, les services sociaux sont en mesure de lancer une procédure de placement à tout moment et particulièrement dans le cas où la mère se révélerait déficiente.

Bien sûr, rien ne vous empêche de prendre soin de l'enfant.

Sous ma poitrine, je sens mon cœur s'accélérer.

Le docteur Deny m'explique que la phase maniaque est une défense vis-à-vis de la dépression, ce précipice au bord duquel tu te tiens souvent trop près. Selon certains neurobiologiciens, une anomalie chimique de tes neurotransmetteurs peut en être la cause tandis que d'autres spécialistes prétendent que la génétique expliquerait à elle seule ces dysfonctionnements. Les symptômes peuvent très bien s'être exprimés depuis l'enfance sans que personne les ait identifiés. Mettre les mots sur ton mal est sûrement ce qui t'est arrivé de mieux ces dernières années en dehors de ta rencontre avec Sofiane mais, malheureusement, tu préfères encore le nier. Certains jours de clairvoyance, tu acceptes le verdict pour le réfuter aussitôt quand tu perds pied.

Les maux qu'on ne nomme pas peuvent tuer.

Le risque de développer une bipolarité est multiplié par dix quand un parent du premier degré est lui aussi atteint.

Vous voyez ce que je veux dire ?

Non, je ne vois pas, pas plus que je ne saisis le sens de sa dernière phrase.

Et le risque de développer la maladie est bien plus élevé chez les homozygotes, voilà ce que me dit le docteur Deny au nom si peu approprié.

Elle le connaît bien, Sofiane, c'est un gars formidable, tu as vraiment de la chance. Quelle que soit la violence de ton état, il a toujours été là. Que tu ries ou que tu pleures ; que tu n'arrives pas à te lever des jours entiers ou que tu traînes joyeusement ta poussette dans le Parc en Ciel, c'est un homme sur qui tu peux compter. Trop souvent quand tu vas bien, tu relâches ta vigilance concernant la prise de médicaments. Pourtant la clé de ton équilibre réside dans la régularité de ton traitement. Elle t'a souvent poussée à consulter plus régulièrement mais tu t'y refuses. Pourtant tu aimerais tellement vivre comme tout le monde. Elle prétend que c'est en partie grâce à « lui » que depuis cinq ans, à chaque crise, tu as réussi à remonter la pente. C'est une prouesse dont tu peux être fière, d'autant plus que tu ne l'as pas fait seulement pour toi.

Elle l'a fait aussi pour lui.

Vous voulez dire pour l'enfant ?

Le docteur Deny tarde à me répondre et son silence m'oppresse.

Je voulais dire pour son mari. Vous savez, la naissance de cet enfant l'a ravagée.

Ses mots me laissent sans voix.

Elle a très peu parlé de vous mais c'est normal. Les relations avec les gens qui vont bien sont toujours très complexes.

Est-ce bien de moi qu'il est question ? Me revient l'écho métallique du radiocassette de la 4L avec Eddy

Mitchell qui chantait : « J'aime pas les gens heureux, j'suis jaloux, y m'gênent. »

Mais ces temps-ci, elle parlait surtout de sa mère…

Je la regarde, tendue d'espoir vers d'autres mots qui ne viennent pas. Tant pis, je m'aventure.

Et qu'est-ce qu'elle disait à propos de sa mère ?

Mais dans ce bureau minuscule, les frontières du secret d'Hippocrate se dressent soudain. La psychiatre n'ira pas plus loin. Pour remplir le silence, elle a repris son geste machinal avec son stylo. La mine sort quand elle presse le poussoir et se rétracte la seconde d'après. D'un air contrit, elle se lève pour signifier la fin de l'entretien. Du monde l'attend, les patients ne manquent pas, elle a à faire. J'écope au passage d'un dernier conseil.

Louna a trop souvent arrêté son traitement en pensant que ses problèmes étaient derrière elle. Chaque fois, les dosages ont été difficiles à rééquilibrer. Notre travail requiert une continuité. Et son refus de suivre une thérapie sur le long terme n'arrange pas les choses, mais peut-être vous écoutera-t-elle ?

Je repense au tableau dans l'entrée de ton appartement de la cité de l'Ousse-des-Bois : un portrait de deux fillettes enlacées qui ne nous ressemblent pas. Je repense au visage d'ange d'Eddy avec sa bouche moussante d'écume, mais aussitôt son sourire délicat se transforme en une sale grimace comme dans les reproductions d'eau-forte des livres de Sauveur.

Te retrouver ? Comment ? Je prie pour qu'elle me donne une piste, rien qu'une seule. Le nom du nouveau type dont tu te serais amouraché, un numéro de train dans lequel tu serais montée, n'importe quoi plutôt que rien. Qui sait, peut-être vis-tu tout près, planquée chez l'infirmier tatoué qui se sert un café lyophilisé dans le hall d'entrée ? Avec toi tout est de l'ordre du possible, et pire encore maintenant que j'ai appris que tu souffrais d'un mal répertorié. Tout cela n'a rien d'une malédiction puisqu'il existe des béquilles. Bien sûr, libre comme tu es, tu ne t'en encombres pas. Tu laisses ta folie prendre possession de toi comme autrefois ta libido débridée ou tes provocations permanentes envers papa, et advienne que pourra pour les égarés entraînés dans ton naufrage.

Madame, il est de mon devoir de vous rappeler que son fils sera placé si Louna ne revient pas rapidement. Ne tardez pas…

Pas une seconde elle n'a imaginé que je pouvais me soustraire à cette mission.

Je ressors de la clinique déboussolée. Puisque je n'ai pas osé poser les vraies questions qui me brûlaient les lèvres, elles continuent leur petit manège délétère dans ma tête. J'aimerais savoir ce que tu es allée raconter à propos de maman. Je me souviens de l'importance que tu donnes aux chiffres et aux dates, et l'imminence de la date anniversaire de sa mort t'a probablement fragilisée. Et j'ai peur soudain qu'aussi démunie que toi, loin de mes repères, je me retrouve à terre comme tu l'as fréquemment été. Cette maladie a peut-être toujours été là, tapie entre toi et moi. Elle germait probablement du temps de notre enfance quand, tout juste veuf, papa hurlait qu'il ne voulait plus te voir et que tu restais introuvable des heures durant, les jours où dans un accès de fureur tu montais dans le premier train et, des heures plus tard, tu l'appelais d'une cabine téléphonique. « Je suis à Niort ! Je suis à La Rochelle ! Je suis à Angers ! » Tes fantaisies avaient beau rendre fou papa, personne chez nous n'avait su nommer ton mal sournois. Pourquoi est-il tombé seulement sur toi ? Par quelle injustice ?

Devais-je épouser ta pente glissante pour te retrouver ?

Du trajet retour de la clinique, je ne me souviens que de fragments. Par la fenêtre du bus, je te cherche dans les visages des inconnus qui arpentent rues, places et marchés. Où es-tu, la « presque-moi mais pas tout à fait », comme on plaisantait l'une et l'autre en se regardant dans le grand miroir derrière le comptoir.

Les enquêtes à mener, les pistes à suivre, les proches à interroger, pourquoi moi ? Est-ce parce qu'il n'y a pas plus proche de toi que moi ? Devrais-je alors rompre avec tous les principes de ma vie pour m'encombrer de ce petit être dépendant si mal tombé ? Nous ne nous sommes pas parlé depuis des années et, pourtant, le docteur et la société tout entière me désignent comme seule et unique qualifiée pour le rôle, malgré mon refus catégorique d'enfanter. Nos liens de parenté ont-ils tout pouvoir sur mon consentement ?

En descendant du bus, je m'offre un verre au Café des sports, juste un, pour m'aider à y voir plus clair. Les clients, tous des hommes, se demandent ce que fait ici la femme au visage pâle en pleine journée. Leurs épouses sont occupées au travail, aux courses ou aux devoirs avec les enfants. À moins d'être répudiée, aucune ne traînerait jamais dans un lieu aussi mal famé, et surtout pas une future maman.

Dans le petit parc au pied de votre immeuble, Sofiane me parle peu. Le regard tendu vers les adorables doigts qui réduisent une feuille de laurier en charpie, il sursaute à chaque coup de sifflet du gardien. Il n'a pas besoin de m'expliquer l'état d'alerte dans lequel son statut le plonge. Dès que tu reviendras, vous pourrez ensemble réclamer son permis de séjour aux autorités. En attendant, mieux vaut qu'il ne se fasse pas remarquer.

J'observe le quartier où tu as élu domicile. Le revêtement en bois de ta tour lui donne des allures champêtres mais il ne faut pas s'y tromper. Au pied des résidences Alizé, Bel Horizon et Zéphyr, des tonnes de gabions, ces cailloux enserrés dans un grillage d'acier, encadrent les pelouses. Le bois, l'acier, la pierre, tous ces éléments naturels du massif des Pyrénées ne sont pas seulement là pour évoquer la nature aux hommes et femmes des cités. Puisqu'il est impossible de s'y asseoir, ces murets encagés ont pour mission de faire fuir la jeunesse qui pourrait y flâner. Sofiane, lui, n'a jamais eu le temps de flâner. Sa jeunesse, il l'a passée à tenter d'améliorer le sort auquel sa naissance le prédestinait. Avec un visa, il ne sera plus contraint d'accepter les pires chantiers dont écopent les bannis de sa caste. Sofiane n'espère rien d'autre qu'un toit sur sa tête et la vie toute simple à laquelle il a cru goûter en te rencontrant, toi la belle plante des marais qui lui a fait tant d'effet en l'aimant à sa façon sûrement exagérée – un typhon, puis-je lire dans les yeux de celui qui a cru que tout arrivait, la terre d'accueil, la femme, la maison et cet enfant que tu voulais. Mais as-tu seulement pensé à l'enfant ? Et Sofiane, cet homme venu d'ailleurs pour qui tu es tout désormais, as-tu seulement pensé à lui ? À son cou, sa main droite fait rouler l'anneau. Je vois bien qu'il est choqué d'apprendre qu'il s'agit de l'alliance de notre mère. Il décroche l'attache et me la tend. Dans sa culture, on enterre les morts avec leurs bijoux. Et je m'éloigne des tiens avec cette chaîne autour du cou.

L'amie dont Sofiane m'a parlé s'appelle Samantha. Dans sa boutique envahie de fleurs, cette femme d'âge mûr arbore talons hauts et rouge à lèvres violet. Ses lèvres sont ourlées d'un liseré sombre, ses yeux maquillés de bleu. Quand elle se penche, ses lunettes balancent sur une chaînette au-dessus des branches d'eucalyptus. Elle me dit que tu ne connaissais personne en arrivant à l'Ousse-des-Bois. Les gens de Pau craignent ce quartier comme la peste, les idées sont tenaces, aucune réhabilitation ne les fera changer d'avis.

Pourtant on peut être heureux ici.

Sa façon de parler du bonheur me réchauffe le cœur. J'aime imaginer que, ici, tu as éprouvé des bonheurs simples. Que, dans cette tour calfeutrée de bois, tu as été heureuse. Samantha sait bien des choses de toi : que tu préfères les pavots aux lys blancs dont l'odeur entêtante agresse tes narines ; que tu n'as pas peur de te lever de bonne heure en plein hiver pour réceptionner les arrivages ; qu'à chaque mariage, c'est ton bouquet de fleurs séchées qui atterrit dans les mains de « la mariée dans l'année » ; que tu dis avoir hérité cet amour du végétal de ta grand-mère et de ta mère qui t'ont appris l'art de la composition ; que tu connais tous les prix des fleurs par cœur et que tu fais les additions de tête plus vite que ton ombre ; que tu es tellement frileuse qu'au printemps tu portes des collants sous tes jeans et que, si tu n'avais pas déréglé ton ballon d'eau chaude pour ton bain du soir, Sofiane ne serait jamais venu éponger d'urgence les cent litres d'eau répandus sur ton parquet. Vous ne vous seriez pas rencontrés et Eddy ne serait pas né. Samantha s'arrête un temps, une paire de ciseaux en main, les paupières papillonnantes à hauteur d'orchidée. À peine a-t-elle prononcé le nom d'Eddy que ses yeux se mouillent de larmes. Je lui demande si elle sait quelque chose que je devrais savoir mais elle fait non de la tête. Elle se défend : elle n'est que ton ancien employeur, bien que ses yeux disent tout l'inverse. Et s'il n'y avait pas eu ces absences à répétition lors de tes nombreuses hospitalisations, elle t'aurait volontiers embauchée.

Est-ce que vous pourriez revenir plus tard avec le petit ?

Elle aimerait le voir mais elle ne peut pas le prendre chez elle. Samantha s'excuse, elle a à faire. Depuis que son mari est malade, tout est devenu compliqué.

Elle regrette.

Désolée.

7

Quand je suis partie de Pau, l'odeur d'Eddy m'a suivie longtemps. Où que j'aille planait son parfum d'Amaretto. Une odeur fantôme à la fois âcre et douce comme toi autrefois.

Puisqu'il fallait bien commencer quelque part, je suis retournée dans notre pays dans l'espoir d'y retrouver ta trace. Dix ans que je n'y étais pas allée. Un train puis un autre jusqu'à Saintes où j'ai dormi une nuit à l'hôtel de la Gare. Ici comme ailleurs, le mini-bar ne valait pas un clou. Le lendemain dans la lumière rasante, j'ai pris le bus dans l'état de semi-conscience habituel qui agrémentait la plupart de mes réveils. À bord, les lycéens croulaient sous le poids des livres et du linge propre à déposer dans les armoires de l'internat. Je connaissais bien tout cela. En arrêtant tes études avant la fin du collège, tu avais échappé à tout le tumulte de cette camaraderie matinale à laquelle on se doit de répondre dans l'illusion d'en être.

Je suis descendue à Loulay pour finir le trajet à pied. L'ancien chemin du Châtelet a été goudronné. Dans les virages, les épanchements du monde rural mouchetaient le bitume d'un agglomérat de boue et de paille. Sans me presser, j'ai dépassé la Trézence et suivi la rue de la Bechée jusqu'au chemin des Forges. Je cherchais à retarder le moment de mon arrivée. J'espérais surtout te trouver, et avec toi, qui sait, peut-être quelques fragments de notre monde d'avant. Je me berçais de douces illusions, rêvant les yeux ouverts qu'on s'embrasserait tous les trois – toi, moi et papa – sous la glycine de la terrasse. Comme si le temps s'était arrêté, je songeais au bon déjeuner qui effacerait d'un coup de fourchette toutes nos années sans.

À l'orée du chemin qui mène chez nous, j'ai imaginé qu'il y aurait foule sur le parking des poids lourds. À travers les peupliers, j'ai attendu qu'apparaissent la silhouette de leurs cheminées dorées et les couleurs primaires de leurs carrosseries d'acier. Yann aurait levé les yeux au ciel en me voyant débarquer à la mauvaise heure, un torchon sur l'épaule, esquissant une mimique qui signifie « nan, pas maintenant ». Pour papa, coûte que coûte, le client était roi et le service n'attendait pas.

J'avais rêvé.

La réalité était pire que tout ce que j'aurais pu imaginer.

Le parking désert était envahi d'herbes folles. À l'abandon, la terrasse était jonchée de détritus. Près des voies, l'ancienne caravane abandonnée n'était plus qu'un tas de cendres. Sur la porte principale, deux panneaux de bois avaient été cloués au chambranle pour interdire l'entrée. Le tronc de la glycine avait tellement poussé qu'une branche pénétrait à l'intérieur par un volet endommagé. À l'arrière de notre ancienne gare, un verrou retenu par une chaîne condamnait l'accès aux cuisines. J'ai dégagé les ronces sous la fenêtre guillotine sur près d'un demi-mètre de haut et le trou de l'ancienne glacière est apparu. Il m'a suffi de pousser les pans de métal pour ouvrir la brèche par laquelle on se faufilait lors de nos cache-cache. « Mais par où êtes-vous encore passées ? » s'étranglait maman en nous trouvant sagement allongées sur nos couvre-lits de chenille orangée.

Un sentiment de tristesse m'a envahie quand j'ai découvert l'état de la grande salle. Au sol, le revêtement de pierre avait disparu sous des coulées saumâtres de terre et de feuillages. Quand on pouvait encore les deviner sous les graffitis obscènes, des lés de tapisseries aux couleurs pastel se détachaient des murs. Plus un seul meuble, mis à part deux tables pointant leurs pieds d'inox vers les plafonds cloqués. Près de l'endroit où se tenait le comptoir disparu, les murs portaient l'empreinte de nos étagères vitrées encombrées de bouteilles d'alcools colorés. La trace rectangulaire du grand miroir dans lequel tu aimais tant te recoiffer se devinait sur la cloison grisâtre.

Les murs étaient ternes, loin des couleurs que maman avait soigneusement choisies « pêche comme vos joues ». Côté cuisine, le désordre était encore plus déprimant. Dans l'ancienne grange que papa nommait pompeusement le labo, les racines d'un figuier sauvage s'étaient frayé un chemin entre les dalles de carrelage soulevées. Les portes des placards avaient été arrachées, les armoires vidées. À terre gisait une louche rouillée. Une crasse sirupeuse recouvrait le tout.

Il n'y avait plus rien à sauver.

Depuis l'intérieur, j'ai secoué la porte d'entrée et la serrure a lâché. Dehors où il faisait toujours beau, un merle moqueur chantait. Je suis restée un long moment assise sur un parpaing sans savoir quoi faire. Monter par le seul escalier qui tenait encore debout ? Aller voir ce qu'il restait du premier ? Je me sentais pourtant incapable de me risquer à d'autres déceptions. La seule chose qui me consolait, c'était que tu ne sois pas là pour constater le saccage de notre ancien palais.

En m'éloignant, j'ai aperçu la silhouette d'un poids lourd tout au bout de l'ancien parking en friche. Le chauffeur devait bien connaître les lieux puisqu'il avait pris soin de se garer en épis, comme l'exigeait toujours papa. J'ai posé ma main sur le moteur : encore chaud. Faisant un tour sur moi-même, j'ai distingué à travers les broussailles le vieil appentis dont il ne restait que les murs. C'était derrière ce bâtiment qu'on allait soulager nos vessies en admirant le spectacle de la Voie lactée. Deux pisseuses accroupies en quête d'étoiles filantes. « Stella, tu l'as vue, celle-là ? » Si tous nos vœux s'étaient réalisés, nos vies seraient un conte de fées.

Quand j'ai regagné le terre-plein, un homme fumait une cigarette adossé à sa portière. Petit et rond avec le visage jovial de ceux qui aiment causer. Ma simple présence l'a rempli de joie et il s'est mis à plaisanter : *Si vous vouliez casser la croûte, ben c'est râpé…*

Il m'a informée que le restaurant avait fermé ses portes il y a cinq ans. Il y faisait halte quand son trajet passait par là dans le temps. Le Relais figurait en bonne place sur sa liste de favoris et le chauffeur y revenait constamment, rallongeant parfois l'itinéraire de plusieurs kilomètres pour un bon déjeuner. Dans le métier entre collègues, sur les aires d'autoroute ou les parkings des zones urbaines, on se refilait ce genre de tuyaux. Tout plutôt que l'arnaque étatisée des Flunch ou des Campanile des autoroutes. Quand les aires de repos affichaient complet, il lui arrivait encore d'y faire escale comme ce soir. D'ailleurs il s'apprêtait à aller dîner dans un restaurant de Loulay avant de revenir passer la nuit ici. Il pouvait me rapprocher si je voulais.

Sur la D150, le compteur calé à quatre-vingt, le chauffeur n'a cessé de me mater du coin de l'œil. Chaque fois qu'il ralentissait à hauteur d'un carrefour, je me sentais prête à ouvrir la portière et bondir sur le bas-côté. Était-ce la simple présence d'une femme dans sa sphère privée qui le mettait dans cet état, cette cabine envahie de breloques, de magnets et d'écharpes de club de foot ? Je n'avais pourtant pas grand-chose de tentant à mettre en avant. Dans mon pantalon noir et mon pull tristement assorti, je devais plutôt faire figure de nonne ou de veuve.

Dites, vous seriez pas une des filles du Relais ?

Troublée qu'il m'ait reconnue, je l'ai fixé sans répondre. Puis il m'a posé cette étrange question :

Mais alors, vous êtes laquelle des deux ?

Face à mon silence, il a augmenté le son du flash infos en continuant de me mater par intermittence. Sur les reflets du pare-brise polarisé, ma mémoire a projeté l'image de toi à quatorze ans qui souriait derrière ton comptoir. J'ai rejoué la scène. Tes cheveux rasés d'un seul côté dans la grande salle du Relais. La joie des routiers quand ils t'apercevaient en entrant. Leur façon charmeuse de passer commande pour l'apéro « dans le camion s'il te plaît ». Ton fameux « tour des popotes », comme tu disais, avec ton plateau chargé de verres de pastis et de demis pleins à ras bord, déclinant mon aide : « Besoin de personne pour m'aider à porter. » J'ai repensé à leur façon de s'asseoir à la table correspondant à leur emplacement de parking numéroté, avec leur parfum mentholé et leurs cheveux gominés. Et aussi au tableau aimanté dans l'entrée avec les camions miniatures alignés en épis. Sous chacun d'eux, un aimant retenait les tickets des consommations dont les routiers s'acquittaient en partant. Menu à cinquante francs plus dix pour le parking sécurisé, douches et sanitaires compris. Une affaire d'après papa, sans compter les bonus offerts par la maison dont il n'avait pas l'ombre d'une idée.

De son vivant, maman n'était pas foutue de t'interdire quoi que ce soit et moi j'étais bien trop naïve pour penser à mal. Mais si j'avais vraiment voulu savoir, j'aurais pu constater que c'était toi qu'ils réclamaient, toi et tes boissons qui réchauffent le cœur des hommes esseulés dans leur cabine mal isolée. Des types comme celui-ci, il y en avait des pelletés. Ça défilait toute l'année. Ils devaient s'échanger le tuyau de la fille pas farouche sur la D150 comme on échange la bonne adresse d'un menu VRP. Quand ils se croisaient sur leurs aires d'autoroute et leurs parkings de zones urbaines, ils se murmuraient peut-être qu'il y avait au Relais de Tout-Y-Faut un bon brin de fille qu'on n'a même pas besoin de payer parce qu'elle aime ça, les hommes d'âge mûr, ces exilés des terre-pleins de poussière, éloignés de leur femme et leurs enfants. Ces gars-là ne voyaient-ils pas en toi une enfant de treize, quatorze, quinze ou seize ans ? Ce chauffeur assis à côté de moi qui m'a demandé laquelle des deux j'étais ne s'était-il pas aperçu alors que la plus docile était mineure ? Et qu'elle aurait sûrement préféré qu'on lui relève la nuque plutôt qu'on la lui presse d'une main ferme comme une injonction à finir ce qu'elle avait commencé.

Moi, je n'avais rien vu, rien compris, mais tous les gars dans son genre devaient bien être conscients du mal qu'ils te faisaient. De l'image de toi qu'ils te donnaient. Des conséquences de leurs abus qu'ils estimaient consentis. Alors rien que pour voir sa réaction, sans le quitter des yeux, je lui ai répondu que j'étais *l'autre jumelle* et ça l'a aussitôt calmé. Il a resserré ses cuisses sur son siège et s'est mis à siffloter le jingle radio comme si de rien n'était. Les types comme lui savent très bien à « laquelle des deux » ils ont affaire. Ils la reconnaissent de loin et foncent droit dessus avec leur sourire aimable.

J'ai crié *STOP* et le camion a pilé devant la gare de Loulay. Le chauffeur a semblé aussi surpris que soulagé par mon empressement à le fuir. Il m'a fait un signe de la main et a redémarré. J'ai couru jusqu'aux buissons. L'odeur de son arbre magique m'avait donné la nausée. Penchée dans le fossé, les cheveux tenus d'une main, j'ai vomi le peu que j'avais dans l'estomac. En relevant la tête, j'ai vu les hangars rutilants des établissements Malvaux et aussitôt j'ai repensé à Caro.

8

Tu es passée par ici ! C'est Caro qui me le dit.

Je n'en reviens pas. Tu es passée à Tout-Y-Faut pas plus tard que le mois dernier. Fin mai, précise Simon en me tendant une orangeade fraîche que je bois par petites gorgées. Sans oser me l'avouer, je craignais qu'il ne te soit arrivé quelque chose. Je sais quels fléaux te menacent. Il y a quelques années, j'ai lu *L'Intranquille* de l'artiste Gérard Garouste. « Pas envie de mourir, juste de ne pas vivre », écrivait-il dans un éclair de lucidité. Ce n'est qu'à présent que je réalise pourquoi ce récit m'avait tant bouleversée. Sous certains aspects, le peintre me ramenait à toi. Au fond, j'avais déjà compris ce que je ne savais nommer. Je repense à tous les artistes que j'aime, eux aussi probablement bipolaires. Van Gogh, Virginia Woolf, Munch, Schumann, Artaud, Gary. Leurs tourments sont parfois si intenses qu'ils les conduisent à commettre le pire. Quand l'humeur plonge dans les tréfonds, la mort guette. Chez les Hemingway, on ne compte pas moins de sept suicides sur quatre générations. Les noirceurs des ténèbres valent mieux que ces coups de poignard incessants, ces manifestations physiologiques dignes des pires tortures que j'ai la chance de n'avoir jamais éprouvées.

Mais toi, j'en suis sûre à présent, tu vis : la preuve, tu es passée par ici le mois dernier. Pour une raison que j'ignore, tu en as éprouvé le besoin ou l'envie. Tu as probablement voyagé en train. Peut-être as-tu plaisanté avec le conducteur d'un BlaBlaCar ? Peut-être lui as-tu raconté une version enjolivée de ta vie ? Un beau matin du mois de juin, tu as sonné sans prévenir et... Surprise ! Caro t'a sauté au cou. Comme moi, tu as savouré la chaleur de ces foyers familiers, ces tables dressées en hâte en l'honneur d'une visite.

Si j'avais su, j'aurais fait des courses... Je me serais coiffée... J'aurais préparé ton gâteau préféré.

Quand elle m'a trouvée sur le seuil de sa maison, Caro s'est précipitée dans mes bras et son étreinte était d'une douceur inouïe que j'avais oubliée. La rousse élégante de mon souvenir continue à porter du rouge vif, aujourd'hui un chemisier de soie magenta sur un pantalon à pinces noir. Son parfum vanillé ravive ma mémoire. Dans son pavillon propret, Caro s'agite pour remettre tout en ordre. *Quand même t'aurais pu prévenir...* Je la regarde faire depuis mon siège en simili cuir, un massif canapé bleu électrique aux accoudoirs façon noyer. Comment Simon supporte-t-il ces meubles plastique imitation bois, lui qui maniait les essences nobles des Établissements Malvaux ? Caro me dit que la retraite lui va comme un gant. Ensemble ils se sont mis au jardinage. D'ailleurs les baies vitrées s'ouvrent sur les massifs de rosiers grimpants, des *Louis de Funès* précise Simon d'un air complice. Près du potager trônent une balançoire orange et un trampoline ceinturé de filets. À leur grande joie, leurs petits-fils passent tous les mois d'août chez eux. Caro taquine son grand échalas de mari sur les joujoux électriques qu'il accumule dans l'abri de jardin, tondeuse, tronçonneuse, coupe-fil et taille-haie. D'après elle, Simon n'a pas changé : habile avec les gros engins mais gauche avec le petit outillage, raison pour laquelle elle se réserve la taille des rosiers. *Tu te souviens quand tes collègues t'appelaient Monsieur Bobo ?* On rit ensemble et ça fait du bien.

As-tu remarqué que Caro n'a pas bougé ? Elle n'a pas grossi, pas maigri, c'est à peine si elle a pris une ride. C'est l'avantage d'être constante. Elle est toujours élégamment vêtue et maquillée. Son visage rieur dévoile sa beauté intérieure. Dans le désordre et à une lettre près, Caro pourrait être un roc.

Autrefois, toi et moi considérions la meilleure amie de maman comme l'infirmière du monde entier. Après s'être occupée de ses patients, elle prenait soin de ses garçons ou de Simon quand il se blessait au travail, et aussi soin de nous deux. Qui d'autre que Caro s'est souciée du sort des jumelles à la mort de Sylvaine ? L'année d'après, chaque matin avant sa tournée de visites, elle passait nous prendre au Relais et nous conduisait jusqu'à l'arrêt de bus, un sachet de croissants sur le tableau de bord de sa Golf rouge. C'est Caro qui t'a soignée l'été où tu es tombée dans le puits à Dampierre, Caro qui a pris ta défense au conseil de discipline quand tu as séché le collège, Caro qui t'a accompagnée à la clinique quand tu as dû avorter à dix-neuf ans. Que tu viennes sonner chez elle était une évidence à laquelle je n'avais pas pensé. Tes égarements me soufflent à l'oreille un parcours abscons dont il me tarde de comprendre le sens. Si je prends la peine de les écouter, ils me guideront jusqu'à toi, je le crois.

Toi comme moi, on n'aimait pas assez cette plaine grise et ces maisons trop neuves pour y vivre toute notre vie. Pour rester ici, il aurait fallu travailler chez Malvaux, enseigner ou reprendre le Relais. Yann en parlait si souvent qu'à force on ne l'écoutait plus. Ses litanies glissaient sur nous comme les coups d'éponge sur la toile cirée. « Laquelle des deux ? » demandait-il lui aussi pour savoir qui reprendrait son commerce. Aucune, lui aurait-on rétorqué si ça n'avait pas fait tant d'histoires. Alors on se taisait. On attendait que ça passe, le nez dans nos assiettes en verre fumé. C'est quand tu t'es mise à l'affronter que les choses se sont corsées. D'abord l'arrêt du collège et puis tes retards, tes absences au dîner, tes virées nocturnes on ne savait où, tes mauvaises fréquentations. Moi je n'avais de cesse de prendre mes distances. L'internat au lycée et mon départ à Poitiers. Chaque fois que je revenais, la tension était montée d'un cran. Puisque tu ne te confiais plus à moi, c'est Caro qui me tenait informée. Grâce à elle, j'ai su que Yann et toi ne vous étiez pas parlé durant tout un hiver, chacun habitant de son côté, toi au grenier et lui confiné dans ses cuisines. Qu'est-ce qu'il pouvait bien y faire ? Après l'accident de maman, la qualité du restaurant a dégringolé et son menu n'a plus jamais évolué. Le prix, les entrées, les plats, les desserts, tout était comme paralysé. Adieu, les fantaisies que papa élaborait chaque mois pour nous épater, ses pâtes au chablis, ses ragoûts d'agneau des Gâtines, son anguille marinée au safran. Des recettes pour lesquelles certains chauffeurs routiers comme celui que j'avais croisé étaient capables de rallonger leur parcours de plus de vingt kilomètres depuis la sortie 34 sur l'autoroute L'Aquitaine. Finalement, le menu s'est réduit à sa plus simple expression : omelette-salade, saucisses-purée et lasagnes industrielles en provenance directe de chez Promocash. Même mon mariage avec Tadzio n'avait pas fait exception à la règle, et mis à part cette folie de pièce montée dans laquelle Caro et moi nous étions lancées, tous les mets servis au dîner sortaient du congélateur. L'accident avait gelé nos vies. En date du 4 juillet 1992, papa a définitivement cessé de cuisiner. Toi, tu t'es renfermée, et moi, je n'ai plus pensé qu'à m'enfuir. À trois kilomètres du passage à niveau notre palais tout entier s'est cristallisé.

Caro n'est pas rancunière. Elle ne me juge pas pour ma longue absence, ni même pour mon silence. À présent que je suis revenue, elle se fiche bien de mon ingratitude. Au contraire, elle me pose plein de questions sur mon métier, mes voyages et mes expositions. Sans plus de détails, Yann lui avait dit que « ça marchait bien pour Stella », mais Caro n'en est pas restée là. Elle a fait des recherches sur Internet, elle a lu des articles sur moi. Qu'une artiste accomplie ait mieux à faire que de se préoccuper de son vieux père et de ses vieux amis ne la choque pas. Elle a toujours été ouverte d'esprit, Caro. Les gens l'intéressent, qu'ils lui ressemblent ou non.

Ce que tu fais doit être passionnant.

Passer sa vie à extirper des tréfonds de soi-même des sentiments auxquels on donne forme, quelle riche idée !

Soigner des gens, ça, c'est un vrai métier, je lui réponds, tandis que Simon nous sert des petits sablés de sa confection. Ça lui fait plaisir de voir *la grande*. Apparemment, l'étourdi n'a pas oublié les sept minutes qui séparent nos deux naissances. Quand il évoque ta récente visite, Caro fronce les sourcils. Je vois bien qu'elle n'a aucune envie qu'il s'épanche au-delà de la limite autorisée. Caro sait bien que les mots blessent. Elle aime son Simon tout autant qu'elle le redoute. Soigner ses bobos passe encore, mais réparer les méfaits de ses gaffes à répétition l'a toujours agacée. Ça m'amuse de la voir me pousser dehors sous prétexte de me présenter Simone, Josette et Huguette, ses trois poules de race Marans dont elle est si fière. *Enfin des filles*, raille Caro devant son poulailler, elle qui n'a su faire que des garçons. *Et en plus elles pondent des œufs couleur chocolat*. Devant l'immense cage grillagée, les lunettes de Caro s'embuent. Dans les bras l'une de l'autre, ses frêles épaules viennent se blottir au creux des miennes. Son corps tressaille. *Ma Stella, tu m'as tellement manqué*... Je frissonne en sentant sa main sur mon cou. Elle soulève mes cheveux et passe furtivement le bout de ses doigts sur ma nuque. À travers les gestes de Caro, je reconnais une caresse lointaine. Personne d'autre ne me fait ça ainsi, à ce rythme-là, du bout des doigts, presque sans toucher la peau. Personne d'autre que maman autrefois. Caro est émue mais elle se reprend. Elle troque ses verres progressifs pour des Ray-Ban opaques qu'elle extrait d'une poche de sa cape de laine rouge sang. Avec l'âge, le soleil l'éblouit. *Une histoire de cônes et de bâtonnets*. C'est tout Caro, ça – planquer ses émotions derrière des notions d'anatomie –, mais son abandon a brisé la glace. Plus besoin de tourner autour du pot. Comme toujours, tu deviens le centre de nos conversations et nous parcourons à pied le terrain désespérément plat du potager, du verger, du champ de noyers en ne parlant que de toi. Quand je lui demande ce que tu es venue faire là, elle hausse les épaules comme si elle ne savait pas. Je veux savoir si tu étais déjà au courant pour le Relais abandonné. Ça non, Caro en est sûre et certaine. Cette découverte t'a d'ailleurs mise dans un tel état que tu as passé dix bonnes minutes à pleurer dans ses bras. Tu répétais sans cesse que tu irais voir notre père pour qu'il dise la vérité et qu'il avait des dettes envers toi.

Quelle vérité ?

Caro dodeline de la tête. Elle ne veut pas répéter tes propos parce qu'ils n'ont aucun sens. Ça ne servirait à rien de colporter tes ragots. Elle prétend qu'elle a beau t'aimer énormément, elle ne veut pas rentrer dans ce qu'elle appelle « ton jeu ». Elle le dit sans hargne, tu as toujours été manipulatrice. Elle ne t'en veut pas puisque c'est ce que tu as trouvé de mieux pour qu'on s'intéresse à toi. Comment t'en vouloir après ce qui t'est arrivé ?

Tout le monde n'a pas perdu sa mère aussi brutalement à treize ans.

Disant cela, Caro prend conscience que moi aussi j'ai subi ce cruel événement. Comme les autres, elle m'a toujours vue plus forte que je ne suis. Papa non plus ne s'inquiétait jamais pour moi quand nous étions ados. Si on lui avait annoncé que je gisais inconsciente avec deux grammes cinq d'alcool dans le sang, il n'y aurait jamais cru. Pourtant des situations de ce genre se sont produites quand je vivais ici dont deux fois très critiques si tu as bonne mémoire, une dans la vieille caravane et l'autre dans la forêt le soir où nous étions parties camper pour nos quinze ans. Je ne remercierai jamais assez les pompiers de Loulay de m'avoir sauvée d'un coma éthylique. C'est pour cette raison que je n'ai jamais voulu apprendre à conduire : à cause de la peur que mes mauvais penchants m'inspirent.

Le jour où tu leur as rendu visite il y a de cela un mois, Caro revenait de chez son aîné où elle avait déposé Kilian, son petit-fils de huit ans. Quand elle a garé sa Golf le long du muret, une ombre fuyante rôdait. Caro a éprouvé le besoin de presser son klaxon. *Avec tout ce que l'on voit à la télé…* Il faisait nuit. Quand la silhouette s'est approchée, elle a vraiment pris peur. Un détail en particulier l'a affolée : ces deux bras levés dans la lueur des phares, une image tout droit sortie des dessins animés qu'elle avait regardés la veille avec Kilian. La forme évanescente s'avançait en équilibre incertain, à la fois imposante et fragile dans ses bottes en caoutchouc bleu marine, *portant une robe ou était-ce un tee-shirt d'homme trop grand ?*, avec par-dessus le genre de cape jetable qu'on vend aux touristes les jours de pluie. Un fantôme sous plastique, les cheveux ruisselants puisqu'il pleuvait ce jour-là et pas qu'un peu, un véritable déluge, ajoute Caro, de ceux qui font déborder les marais mouillés.

Tu n'avais presque rien sur toi. Quelques vêtements sales dans un sac en bandoulière et un téléphone hors d'usage dont tu prétendais avoir égaré le chargeur. Tu avais la touche de ceux qui font la route, dorment n'importe où, mangent n'importe quoi, se lavent quand ça peut. Une vagabonde, mais sans la classe de la Bonnie du film d'Arthur Penn qu'on avait tant aimé un mardi soir à « La dernière séance » d'Eddy Mitchell. Plus tard, nous aussi on dévaliserait les banques et on aimerait un homme à en crever.

Je crois que tu leur as fait un peu pitié avec ta silhouette épaisse et ton regard inquiet de femme plus vraiment assez jeune pour vagabonder dans cet accoutrement. Devant le bol de soupe que Caro t'a servi, tu l'as assommée de questions concernant maman. Tu voulais savoir ce qu'elle avait fait les mois avant sa mort, les gens qu'elle avait vus, comment elle était. Ton interrogatoire avait été une épreuve. Caro respire profondément comme pour chasser le mauvais souvenir de cette soirée. Elle t'avait prise dans ses bras comme un petit chat et là encore tu avais pleuré. Vers minuit, tu étais tombée de fatigue et Simon t'avait transportée dans la chambre d'amis au premier. Le lendemain, comme tu le lui avais demandé, Caro t'avait déposée dans le village où papa a pris ses quartiers. Sur le trajet, tu lui avais paru encore plus délirante que la veille et, si elle avait su que Yann te laisserait partir sur les routes à la nuit tombée, jamais elle ne t'aurait menée chez lui. En sage infirmière, elle t'aurait gardée au chaud dans son pavillon propret. Du moins aurait-elle essayé, car comme moi, Caro sait bien qu'il est impossible de te retenir contre ta volonté.

Tu es restée bien plus de temps que je ne le pensais dans cette région après que j'en suis partie. Papa ne me l'a jamais dit, mais il y a à peine dix ans, tu dormais encore dans la vieille caravane près des voies ferrées.

Caro dit que ça ne te réussissait pas d'entendre les trains passer. Est-ce que tu demeurais là ne sachant où aller ou l'avais-tu choisi, toi qui voulais tant « aller voir ailleurs comment ça fait » ? Ce n'est qu'à tes trente ans que tu as pris tes distances. Ta passion pour les fleurs t'a ouvert de nouveaux horizons et tu as trouvé ce stage en alternance à Pau. Huit ans que tu n'étais pas revenue, mais chaque 17 juillet, tu prenais la peine de passer un coup de fil pour la Sainte-Caroline. Tu as prétendu que tu t'étais installée comme fleuriste à ton compte et Caro s'en était réjouie bien que, depuis ta dernière visite, elle n'en croit plus un mot. Tu as parlé aussi d'un compagnon sans donner plus de détails. « Le mariage, oui pourquoi pas, on verra. » Quand j'évoque la naissance d'Eddy, Caro n'en revient pas. Jamais, tu n'as parlé d'un enfant. Cette révélation ruine en un rien de temps le peu de confiance qu'elle te portait encore. Elle est vexée, ça lui fait une peine horrible que tu n'aies rien dit. Elle se tait. En silence, nos pensées communient. Caro se demande comment tu as pu en arriver là. Je vois bien que la professionnelle de santé n'a pas encore compris. Alors je prononce les mots du docteur Deny. « Bipolaire, maniaque et dépression » dressent de toi un nouveau portrait que Caro réfute. Comme avant, elle préfère se dire que tu es simplement « hypersensible ». Rien ne la fera changer d'avis, et quand bien même je lui mettrais sous le nez les milliers de cachets que tu as consommés, elle n'en croirait pas un mot. Et pour la première fois, je comprends que maman souffrait du même mal que toi. Pas la peine que je pose la question à Caro, elle me servirait en retour tout un laïus sur « les petits coups de blues » de sa meilleure amie.

Qu'il est difficile pour les bienheureux d'aider les assombris.

Demain, comme tu l'as fait avant moi, j'irai demander à papa ce qu'il sait. Simon prétend que Yann a beau travailler pour un restaurant, il n'a plus touché à une poêle depuis des années. Moi qui l'imaginais n'avoir rien changé à sa vie, je découvre que je ne sais plus rien de lui. Au téléphone, il ne m'a jamais parlé du Relais abandonné. Je ne savais même pas qu'il avait déménagé. Au fil des ans, ses silences sont de plus en plus pesants. Ses phrases deviennent murmures, syllabes, onomatopées.

Toujours du monde ?

Mouais bof.

Et la bifurcation ?

On verra bien.

Pas trop dur, tout seul ?

Ça va.

Et la santé ?

On fait aller.

Naïvement j'ai cru que sa vie suivait son cours immuable. Le feu dans la cheminée, les services à heure fixe, les fins de soirée entre chasseurs et routiers, la terrasse extérieure qu'il faut ranger dare-dare les soirs d'orage… Voilà comment j'imaginais la routine d'un taiseux qui ne sait dire je t'aime qu'en langage de sauces, de gratins et de potées.

Dans la chambre où tu as dormi avant moi, rien ne laisse deviner ton passage. Est-ce qu'ils ont changé les draps ? Dans la salle de bains attenante, je retrouve un cheveu blond sur l'ardoise. Vu sa couleur, il ne peut être qu'à toi. Comme au dîner je n'ai pas bu une goutte d'alcool pour ne pas faire mauvais effet, mon sédatif habituel me manque et le sommeil se refuse à venir, alors pour passer le temps, je t'imagine dans ce même lit le mois dernier. Je me demande soudain ce que ça devient, une femme comme toi dans la nuit, coupant à travers champs et forêts, tout juste vêtue d'un tee-shirt trop grand et d'une cape plastique en guise d'armure. Et là, pour la première fois, j'ai vraiment peur pour toi.

9

C'est la première image que j'ai de lui : un homme accroupi dans une barque instable en train de ramer d'un bord à l'autre du canal. Visiblement, l'homme n'a pas le pied marin. Son visage est crispé, le front creusé de rides profondes, le menton proéminent, la peau épaisse à hauteur de pommettes, des yeux bleus minuscules enfoncés dans les orbites, la chevelure et la barbe aussi fournies que celle d'un trappeur. Sous les poils gris, rien ne laisse deviner sa bouche, comme si la fonction du langage lui était accessoire. Les mouvements amples de la pigouille qui fouille la vase stabilisent l'embarcation, le centre de gravité aussi bas que possible, et pourtant le soubresaut à l'appontement le surprend. Voilà qu'il s'acharne à sangler l'amarre, pressé de rejoindre la terre ferme. Sur le ponton, son buste se déploie. Je reconnais bien ce terrien d'un mètre quatre-vingt-dix : mon père, Yann Morte, soixante-quatre ans, homme à tout faire au restaurant La Petite Venise.

Puisqu'il me tend la main, nous ne nous embrassons pas. Je serre sa paume avec trop d'ardeur, surprise de ne plus trouver de vigueur dans cette poigne familière. Celle qui faisait rouler les fûts de bière sur le goudron de la cour, celle qui réparait les tables ou consolidait la toiture après les tempêtes venues de l'Ouest. Celle qui râpait, touillait, pétrissait et malaxait tout ce qui passait sur son billot. « Pas besoin de recettes, tout est dans la tête. » Une main sûre maîtrisant autant la force que la délicatesse selon la tâche à opérer. La main de mon père que je relâche enfin.

Puisqu'il ne dit pas un mot, je parle pour deux. *Oui, papa, c'est Simon qui m'a déposée. Non, je ne conduis toujours pas.* Malgré tous ses efforts pour m'apprendre à slalomer entre les poids lourds, je n'ai jamais voulu passer mon permis. J'ai rejeté son langage fait de gestes pratiques pour m'exprimer à ma façon. Moi aussi, je parle avec mes mains. Je ne cuisine ni ne conduis, me contentant d'exécuter ce geste inutile qui consiste à sculpter. En entendant cela, papa ne lève pas les yeux au ciel comme il l'aurait fait dans le temps. Les êtres dépendants l'ont toujours agacé, lui qui disait toujours : « Qu'est-ce qu'on peut bien faire dans la vie si on n'est même pas fichu de conduire ? »

Je ne lui parlerai pas de ces sphères qui ont fait ma renommée. Je ne l'ennuierai pas avec ce qu'il aurait appelé « un boulot de planqué ». Yann n'a de respect que pour ceux qui bâtissent, qui chassent, qui cueillent ou qui pêchent. Et pour cela, l'art n'est d'aucune utilité.

Il dépose une tasse de café brûlante sur la table du restaurant en bordure du canal. J'aimerais boire autre chose mais vu l'heure je me garde de le lui demander. Papa répétait souvent : « Le piège, c'est l'alcool », quand bien même la soif des clients remplissait sa caisse au Relais. L'amertume de son café est parfaite, sa mousse onctueuse amadoue mon palais. Ça me rassure de constater qu'il a gardé le goût des choses bien faites. En découvrant le délabrement de notre ancienne gare, j'ai cru qu'il avait lui aussi perdu la tête. Si devenir fou consiste à ne plus s'affairer, je constate que chez lui tout va bien de ce côté. Une éponge à la main, il s'agite en tous sens comme il a toujours fait. Un coup sur la table par-ci, une chaise à déplacer par-là. Son regard balaie la terrasse pour voir si tout est prêt. Au service de midi, les touristes déjeuneront de cuisses de grenouilles ou d'une matelote d'anguilles avant la visite des canaux commentée par le batelier. À Coulon, le restaurant La Petite Venise est une institution qui emploie une dizaine de salariés. Les volets flambant neufs, les murs de pierre rénovés, les massifs d'hortensias le long du quai donnent à ce village proclamé « plus beau village de France » des airs de musée. Et à la croisée des canaux, cet homme qui prétend avoir trouvé sa place, lui qui déteste se baigner.

Du temps de maman, papa commençait souvent ses phrases par « votre mère et moi ». Après l'accident, il a abandonné la formule sans jamais la remplacer. Les mots se sont faits plus rares et petit à petit, toi et moi, on s'est habituées à ses silences. Toutes les deux à table, on se regardait dans les yeux sans rien dire. Il y a tant de façons d'échanger quand l'autre est un prolongement de soi-même. Mais pour papa, communiquer avec autrui était devenu un supplice. Au comptoir, il laissait les clients faire l'animation. Le temps qui passe ne l'a probablement pas aidé et, aujourd'hui comme hier, il doit faire un effort surhumain pour se raconter.

Il se ronge les ongles en m'entendant décrire l'état dans lequel j'ai trouvé le Relais. Quand il prend la parole, sa voix est grave. Après ton départ pour Pau, papa prétend qu'il n'a plus pu continuer. *Trop seul, plus l'envie.* Il a préféré céder le terrain à la mairie de Vergné pour une bouchée de pain, mais comme pour leur foutue bifurcation, le projet de la salle omnisports n'a jamais abouti. L'endroit est resté à l'abandon depuis. Papa n'y est jamais retourné et n'a même pas cherché à savoir ce qu'il en était. *Chez les Morte, on ne se retourne pas vers le passé. On préfère regarder droit devant.*

Depuis cinq ans, son « droit devant » consiste en ce restaurant qu'un ancien client du Relais a repris. Coulon, c'est un peu le village de Mickey. Tout y est aussi coquet que dans les contes de fées. À l'écomusée, on apprend tout de l'histoire du canal des Cinq-Abbés, de l'influence d'Henri IV et des bâtisseurs hollandais. Les boutiques de souvenirs vendent des bonbons à l'Angélique et du savon d'ânesse. Chaque été, nombreux sont les visiteurs qui viennent goûter à la douceur poitevine au fil de la Sèvre Niortaise. Entre l'approvisionnement des cuisines et l'entretien des barques, Yann n'arrête jamais. Pourtant dès l'aube lui revient la tâche ingrate de débarrasser les branchages morts qui obstruent l'accès aux conches.

À part ça, ça va.

Après ces mots, il se tait.

Papa me montre l'appentis du jardin dont il a fait son logis. C'est petit mais il ne manque rien. Le cendrier est plein de mégots froids, son seul péché. Dès que j'ai le dos tourné, il le vide dans les plates-bandes de peur que je ne lui en fasse reproche. Il m'amuse, papa, dans sa studette aménagée. Sa fierté, c'est le gros pick-up garé devant que son « ami-et-patron » lui laisse conduire. À l'arrière, papa a bricolé un coffre réfrigéré pour stocker les surgelés. Le restaurant fait trois cents couverts par jour, m'annonce-t-il comme si c'était de son fait. Je perçois dans sa voix une pointe de regret : celui d'avoir laissé tomber.

Bien sûr si l'une d'entre vous avait repris l'affaire, tout aurait été différent.

Tu sais, pour nous, c'était pas facile de vivre juste à côté de là où maman s'est tuée.

Pour égayer nos retrouvailles, je propose une marche le long du canal principal. J'observe papa s'éloigner du bord. De temps à autre, il salue un passant d'un hochement de tête puis baisse les yeux comme si ses bottes méritaient attention. Sur la berge, les gens qui nous croisent ralentissent avec un air surpris. Je me sens dévisagée comme une bête curieuse. Sur le perron d'une meulière, un vieil homme brandit sa canne à pêche en hurlant *Si elle t'agresse, tu cries !*

Papa s'explique devant mon incompréhension.

C'est à cause du scandale de ta sœur, l'autre fois.

Le mois dernier, vous aviez marché sur ce même chemin. Le café, la terrasse, la promenade… Une fois de plus, mes gestes ne sont qu'une répétition de ce qui a déjà eu lieu mais à la différence près que moi, je ne harcèle personne de questions. Je ne brutalise pas cet homme en l'attrapant par le bras. Au contraire, je lui parle posément.

Dis-moi ce qu'elle voulait savoir.

Papa fait non de la tête.

J'ai pas envie d'en parler. Ça m'a fait trop mal.

J'insiste mais mon acharnement n'est qu'une pâle copie de ta furie. Seul ce besoin de savoir où tu es partie motive ma question, mais sans l'ardeur dont tu as fait preuve avant moi. En moins d'une heure, tu as réussi à sortir ce paisible village de sa léthargie. Depuis, ça doit jaser. Tout le monde se demande ce que pouvait bien vouloir la fille hystérique qui s'agitait dans son poncho en plastique devant le géant silencieux.

Tu vas me jeter à l'eau toi aussi ?

En un éclair, j'entrevois la scène. Un spectre sous blister qui pousse papa dans les marais. Son grand corps qui disparaît sous les lentilles d'eau. Lui qui bat des bras comme un pauvre chat, les voisins qui viennent en renfort pour le sortir de là. Toi qui t'enfuis dans la forêt. Papa ruisselant de ridicule sur la berge pluvieuse.

L'air abattu, papa s'assoit sur un banc face au canal. Il passe son épaisse main sur son visage comme s'il cherchait à se cacher.

Elle m'a dit des choses horribles. Je lui ai dit d'arrêter de crier mais elle voulait pas se taire, alors j'ai mis ma main sur sa bouche et elle a cru que j'allais la frapper. J'aurais jamais fait un truc pareil. Je suis pas violent. Je sais pas comment elle s'est mis ces histoires dans la tête… Et tellement méchante avec ça… Me pousser à l'eau, et devant tout le monde en plus !

Ses lèvres tremblent et, sur ses genoux, ses poings serrés prennent des teintes bleutées. Dans sa voix, je n'arrive pas à décrypter ce qui le peine le plus : le fait d'avoir été jeté à l'eau ou le fait que la scène se soit déroulée devant témoins.

Puisque tu veux tout savoir, elle a dit que votre maman avait été une enfant abusée. Elle a même dit que c'est à cause de ça qu'elle est morte.

Je m'assois sur le banc. Sur l'autre rive, le vieux d'en face a repris son labeur. Entre deux coups de bêche dans son potager, il jette des regards indiscrets dans notre direction.

Qu'est-ce qui lui prend à salir la mémoire des morts ? Si votre maman avait entendu ça, elle aurait été folle de rage. Elle l'aimait tellement, son papa, ma Sylvaine.

J'aimerais parler mais les mots ne sortent pas. Qu'est-ce que grand-père Sauveur vient faire là ?

Ta sœur, c'est la chienlit.

Je me souviens de toi cherchant désespérément le coupable qui avait dessiné un sexe masculin sur ta table en quatrième. Je me rappelle tes nuits d'insomnie qui avaient suivi et la violence de ta colère quand on t'avait injustement punie. Celui qui parlait trop bas sur ton passage, celle qui tournait la tête quand tu prenais place dans le bus, tous ceux qui ne clamaient pas haut et fort qu'ils étaient de ton côté étaient devenus des suspects. J'avais beau te raisonner, tu ne voulais rien savoir jusqu'à ce tumulte que tu avais provoqué lors du match de fin d'année. La rentrée suivante, tu manquais à l'appel.

Moi, je te disais toujours qu'on ne devait pas tout savoir. Certaines vérités devaient nous échapper. Les secrets des dieux ne nous regardaient pas. Je me pliais gentiment à la hiérarchie des dominants tandis que tu te rebellais. D'où te venait cette force dont je manquais tant ?

Dans la lumière du soir, le visage de papa ressemble à celui d'un dieu grec. Des perles de nacre roulent dans ses sillons creusés par les ans. La tension de son corps se relâche. Il relève la tête, l'air surpris comme s'il découvrait ma présence à ses côtés.

Y a rien de vrai qui sort de sa bouche. Heureusement que toi, tu me crois.

Papa me prend les mains. Il esquisse un sourire un peu forcé.

T'es bien ma fille. Toujours les mains glacées, comme moi…

Pourquoi il me dit ça ?

Dire toutes ces horreurs juste pour grappiller de l'argent. Une grosse somme en plus. Qu'est-ce qu'elle croit ? !

Il est bientôt l'heure de mon rendez-vous avec Simon qui vient me chercher. Je laisse l'homme pudique seul avec son chagrin. Quand je m'éloigne, il lance les mots que, sans le savoir, j'étais venue chercher.

Elle serait bien capable de se tuer elle aussi. Retrouve-la et dis-lui que tout ça c'est pas vrai. Elle t'écoutera. Y a que toi qui peux l'empêcher de faire n'importe quoi.

C'est l'attitude de Simon qui m'a alertée. Au passage à niveau, il a eu cette étrange réaction. Puisque les barrières étaient relevées, il s'est engagé naturellement comme n'importe quel conducteur l'aurait fait à sa place mais à hauteur des rails au lieu de se presser, il a donné un grand coup de frein comme s'il avait oublié quelque chose. Alors il a relevé ses yeux piteux vers moi avant de s'employer à vérifier exagérément d'un coup de tête mécanique si la voie était libre : à droite, à gauche puis à droite comme le faisait autrefois Caro. L'imprudent Simon, les quatre roues chevauchant les rails, vérifiant bêtement la présence d'un danger invisible et inaudible dans la nuit. Comme si les signaux automatiques pouvaient ne pas marcher. Comme si les trains circulaient tous feux éteints. Comme si leur moteur ne faisait pas de bruit. Comprenant l'ineptie de sa manœuvre, il a donné un grand coup d'accélérateur puis est reparti. Dix minutes plus tard quand il s'est garé devant le pavillon, ses joues étaient encore pourpres. Tout le reste de la soirée, il n'a pas prononcé un mot.

Après l'accident de maman, le seul changement que toi et moi avions observé dans notre entourage, c'était la façon dont Caro franchissait le passage à niveau. Elle regardait mécaniquement à droite, puis à gauche puis encore à droite, et seulement alors elle s'engageait sur les rails. Pour atténuer notre chagrin, on se moquait gentiment d'elle depuis notre banquette arrière. C'était pourtant simple de vérifier si la voie était libre puisque, de chaque côté de cette grande courbe, la visibilité était parfaite. Il y avait bien le pont inachevé dont on avait dit qu'il obstruait la vue. Quand Simon était au volant, Caro exigeait de lui la même prudence. Nous, on riait discrètement de leurs petites manies, les imitant à s'en démettre le cou. Entre nous, on les appelait « les peureux ». On se disait que si on additionnait toutes les fois où Caro et Simon franchissaient le passage à niveau, ça ferait des heures de torticolis à la fin d'une vie. Des heures perdues à guetter le risque alors que, c'est bien connu, les accidents ne se reproduisent jamais deux fois au même endroit.

Elle serait bien capable de se tuer elle aussi, avait dit papa.

Et son « elle aussi » s'est mis à me hanter.

Ce soir-là au dîner, Simon n'a plus osé me regarder. Caro devait sentir le malaise car elle passait son temps à me poser des tas de questions alambiquées sur le monde de l'art ou mon pseudo-mari. La conversation s'est tarie. Seul le tintement de nos cuillères à soupe résonnait dans la salle à manger.

Une fois encore, je n'ai pas pu fermer l'œil de la nuit. Je n'ai eu la force de raconter ma visite à Coulon que le lendemain matin sur le trajet de la gare, et surtout cette révélation concernant la mort de maman. Au fil de mes mots, les ongles grenat de Caro se plantaient un à un dans le cuir du volant. Sur le quai quand le train est arrivé, elle m'a serrée dans ses bras. Le noir de ses yeux dessinait des rigoles sur son teint de poupée. Si les adultes avaient préféré nous cacher que maman avait voulu mourir, c'était pour éviter de nous faire plus de peine. C'est vrai, maman avait toujours eu un penchant dépressif et son état s'était dégradé les dernières années. Les périodes noires s'enchaînaient. Elle était d'humeur sombre et l'idée de la mort la traversait souvent. Mais Caro la connaissait mieux que personne et Sylvaine n'avait aucun secret pour sa meilleure amie. Elle pouvait le jurer sur la tête de ses petits-fils, tes calomnies concernant Sauveur étaient infondées. Maman ne lui avait jamais confié quoi que ce soit au sujet d'un geste déplacé qu'aurait commis son père. Elle l'adorait tout comme elle adorait sa mère, souffrant de ne pas voir plus souvent ses deux parents et son cher pays. Ta maladie pouvait-elle expliquer pourquoi tu affabulais ainsi ?

Quand le train est entré en gare, Caro a marqué une pause, les yeux rougis, avant de me serrer dans ses bras.

Qui sait si votre maman n'était pas bipolaire elle aussi ? Les bipolaires se donnent souvent la mort, c'est ce que tout le monde dit…

La porte métallique s'est refermée sur ses yeux hagards. Tandis que le train s'ébrouait, elle a crié à travers la vitre.

Mets-toi à sa place !

J'avais l'impression de ne faire que ça.

10

Aux Chartrons, l'atelier envahi d'outils ne ressemble plus à celui que j'ai laissé en plan. Un nouvel ordre y règne, preuve que Joshua a initié ses grandes manœuvres. Je peux ressentir son irritation à mon encontre dans le moindre recoin, tout comme sa peur de perdre les fruits juteux de mon labeur qui lui profitent depuis des années. En attendant leur enlèvement imminent, mes sphères patientent dans leurs immenses caisses en aggloméré de bois. Dans chacun de ces écrins, une structure faite sur mesure accueille leurs courbes fragiles. Pour les protéger, son complice Amaury a tout prévu : chips de collage, papier bulle, kraft. En lisant le nom du destinataire, je comprends que ce que j'ai créé ne m'appartient plus désormais. Joshua a donc décidé d'expédier les œuvres promises à la Biennale d'art sans mon aval. Sur mon téléphone, les centaines de messages non lus qu'il m'a envoyés ces jours derniers. La violence de nos échanges ne m'attire plus depuis que d'autres préoccupations accaparent mon esprit. Dans un tiroir j'attrape les clés de la vieille ferme de « là-bas » bien que je ne sois pas revenue uniquement pour ça.

Autre chose m'a ramenée ici.

Car il y a un détail que tu ignores. Personne chez nous ne s'en est jamais aperçu mais c'est moi qui possède toujours la vieille cantine en métal de maman. À Poitiers, elle trônait près de la fenêtre dans l'appartement qu'on partageait avec Clem. Ma colocataire aimait s'asseoir sur cet objet qu'elle appelait « le cercueil » pour y boire son café en regardant la cour de l'ancien couvent. Aux Beaux-Arts, le professeur de volume nous répétait sans cesse qu'il fallait se nourrir du passé, alors un week-end en partant du Relais, sans le dire à personne, j'ai chargé la malle dans le coffre de Tadzio. À l'intérieur, les vieux albums photo de maman et le petit médaillon d'argent renfermant la photo de la petite Sylvaine noyée à cinq ans. C'est de cette image en noir et blanc dont je me suis inspirée pour composer ma fresque grand format. Sur des lés tissés apparaissait le visage angélique de cette inconnue familière peint au spalter avec de la terre glaise ramassée sur les rives du Clain. L'œuvre avait fait sensation et j'avais obtenu la meilleure mention de ma promotion. J'avais entendu dire que, des années après, le directeur la déroulait encore dans le hall du campus lors des journées portes ouvertes de l'université.

Si je n'avais pas cru bon de rapporter la malle au Relais, c'est que personne n'a jamais noté son absence. Je l'ai traînée de squat en appartement jusqu'à mon installation dans cet atelier. Cette caisse est désormais tout ce qui subsiste de nos vies d'avant. Sur le côté, un autocollant en dit long sur son pedigree. La cantine a été achetée à la quincaillerie Lavie dans la ville d'Oloron-Sainte-Marie l'année 1970. Une plaque métallique précise qu'elle a été conçue dans les ateliers Herment dans le quartier de Nansouty à Bordeaux. Cela doit faire des années que je ne l'ai pas ouverte. Sous le couvercle, son fatras me paraît étranger. Dans les albums photo de cuir, je ne reconnais pas les visages des paysans qui entourent Énéa et Sauveur devant la ferme. Des prénoms à consonance basque surgissent d'un carnet quadrillé, « Ainhoa, Jon, Elaia », probablement une liste d'écoliers à l'époque de maman. Je déroule un drapeau enroulé sur sa hampe et la croix basque me saute au visage. D'une écriture fine, une date s'inscrit à l'arrière d'une photo de mariage de nos parents : samedi 18 juin 1977. Dans la robe de mariée que j'ai portée moi aussi, Sylvaine sourit à Yann avec une expression de joie que je ne lui ai jamais connue. Ça ressemble à de l'amour. Il y a aussi tous ces herbiers en bois que maman et toi fabriquiez chaque été. Le dernier date d'août 1991, juste un an avant sa mort. Je tente d'en saisir les parfums entre les couches de papier-calque mais l'odeur semble s'être dissipée. Sur un agrandissement photo aux couleurs passées, toi et moi ouvrons nos cadeaux sur le comptoir enguirlandé du Relais. Plus loin, nous posons devant le sapin dans des tenues identiques, deux sweats de molleton gris illustrés d'une boîte de conserve de Chicken Noddle, un cadeau de Caro. Nos sourires adolescents s'adressent à l'objectif dans l'espoir que le visage de notre maman s'illumine. Maman n'a jamais aimé les 24 décembre et encore moins cette année où papa a la folie des grandeurs suite à l'annonce de la mairie. Puisque la nouvelle bretelle d'autoroute va passer le long de notre voie ferrée, tous les camions vont bientôt faire halte au Relais. Le banquier a suivi, l'emprunt couvrira les frais et le chiffre d'affaires va grimper. Quand bien même maman ne désirerait aucun de ces changements, c'est pour nous toutes que papa fait ça. Pour nos études plus tard, pour leur retraite à eux, pour notre bonheur à tous. Un bonheur dont on aimerait bien voir pointer le bout de son nez, car si Caro ne passait pas tous les quatre matins pour mettre un peu de gaieté dans nos vies, on pourrait croire qu'être adulte n'a rien d'une sinécure. Il n'y a qu'à regarder la tristesse dans les yeux de Sylvaine. Ça fait quelque temps que le matin l'ennuie, midi l'attriste, le soir la plombe, sans parler de la nuit où elle dort mal. Depuis que Louna fait des siennes, elle ne quitte même plus son lit. Non pas que les fantaisies d'une adolescente rebelle l'effraient, au contraire, elle ne les voit même plus. Papa prétend que les travaux l'ont épuisée mais, toi et moi, on voit bien que toute cette agitation n'est pour rien dans son apathie. Maman n'a même plus la force de sourire aux ouvriers en leur servant le café. Le plus souvent, elle reste alitée jusqu'à ce qu'on rentre du collège, tout juste a-t-elle remarqué que tu t'étais rasé le crâne d'un côté. Est-ce que tu l'as fait dans le but de la voir réagir ? Rien, même pas un froncement de sourcils de désapprobation… C'était bien la peine que tu renies nos opalescentes similarités.

Sur une photographie plus ancienne, je nous vois petites filles passer de table en table pour exhiber nos cadeaux sous l'œil amusé des habitués. Deux besaces kaki, les deux vélos d'occasion bricolés par Simon, deux cannes à pêche qui ne serviront jamais. À droite du cadre, maman retire des denrées du colis jaune qu'Énéa lui a fait parvenir pour les fêtes : une tomme d'Ossau-Iraty d'Ixtara, un jambon tout entier de chez Pecoïts et ces merveilleux bouquets de fleurs séchées aux couleurs d'automne qui égaieront les tables. Maman sourit, le nez sur ces Lilium pyrenaicum délicats qui lui manquent tant.

Tu te souviens sûrement que, chaque fois que papa nous amenait à Villeneuve-la-Comtesse, il préférait toujours prendre le détour par la route des petits prés. Passer du côté du musée de l'École publique aurait été plus court mais ni toi ni moi n'aurions osé le contredire. Le passage à niveau ne devait jamais se trouver sur son chemin, voilà tout. À l'inverse, nous allions souvent traîner là après les cours. Juchées sur nos vélos, on attendait le train. Un jour devant les barrières baissées, maman nous avait montré comment plisser les yeux sur la croix de saint André pour tenter d'y apercevoir l'ikurrina*. L'irruption du train était d'autant plus brève que l'attente était longue, un fracas dans l'inertie sépulcrale de notre plat pays. Le bruit nous enivrait jusqu'à ce que le dernier wagon disparaisse dans la courbe. À 14 h 56, on enfourchait nos vélos sans échanger un mot, encore groggy de notre secrète cérémonie.

La 4L de maman a été pulvérisée le samedi 4 juillet 1992 à 14 h 55, soit vingt minutes après qu'elle nous eut déposées à la gare de Villeneuve-la-Comtesse. C'est le train pour Niort qui l'a percutée, un train que le

* Drapeau basque.

nôtre venait sûrement de croiser. Certains ont prétendu que le signal sonore avait montré des faiblesses. D'autres que la barrière ne s'était pas baissée. D'autres que la fine pluie brouillait la visibilité. Des responsables locaux ont accusé le conducteur de n'avoir pas su réagir, mais Yann n'a pas souhaité aller jusqu'au procès. Devant nous, il a dit que c'était « la faute à pas de chance ». Qu'à la maison, maman était si souvent dans la lune qu'elle pouvait bien l'être aussi au volant. Des questions, on s'en est posé des tonnes après. À défaut de savoir à qui les adresser, on les a gardées en nous. La nuit, on ressassait sur nos oreillers. Que reste-t-il d'un corps après le choc ? Que contenait le cercueil qui a voyagé jusqu'à Sainte-Engrâce ? Est-ce qu'une seule particule de maman se trouve sous la stèle dans ce pays que Yann s'acharne encore à nommer « là-bas » ?

Le vieil exemplaire du journal est bien là où je l'avais envisagé. Je déploie ses feuillets sur la table à tréteaux. Pour faire de la place, je pousse les étriers d'argile. L'un d'eux tombe à terre et rebondit sur le béton. Le papier a jauni. Sa texture crayeuse s'effrite sous mes doigts.

J'ai peur.

Peur de ce que je suis venue chercher. Peur de ce que tu me pousses à trouver alors que je ne voulais rien. Peur de ce que personne n'a osé nous dire. Peur du poids des silences qui pèsent sur ta vie. Qui pèsent sur ma colère aussi. Peur de cette vérité que tu crois détenir depuis que tu es partie en croisade. Peur du désastre que tout cela pourrait provoquer.

Sur le papier jauni du quotidien *La Nouvelle Aquitaine*, l'encart de la rubrique nécrologique du 8 juillet 1992 fait mention du décès accidentel de Sylvaine Morte née Ibaiarenak dans la commune de Vergné, département des Charentes. Ni fleurs ni couronnes. L'annonce n'indique aucune cérémonie religieuse mais précise qu'un simple hommage sera rendu dans la ferme familiale de Sainte-Engrâce dans les Pyrénées-Atlantiques.

Là-bas, c'est le sort qu'on réservait aux suicidés.

Les gens discrets n'attirent pas l'attention. On les croit doux comme des agneaux et puis, soudain, la déflagration, d'autant plus explosive que leur calme était patent.

Maman aurait tout donné pour faire le trajet l'été où papa le lui a interdit. Moi, je crois qu'elle a voulu en finir parce que sa dépression lui est apparue comme insurmontable.

Maman s'est tuée parce qu'elle n'en pouvait plus. La mort vissée à l'âme, elle nous a déposées à la gare et a emprunté la route du Relais. L'y attendaient un été de labeur et les relents fétides de son mariage à bout de souffle. Deux mois sans ses filles à servir ces messieurs avinés. Deux mois sans ses enfants déjà trop grandes. Après le service, pas de rideaux à tirer ou de placards à fermer pour apaiser nos craintes enfantines. À la place de notre tumulte, un été de torpeur qui n'en finirait pas sans cette « lune » et ce « soleil » partis vers ce pays où elle crevait d'envie de retourner. Cinq jours plus tard, elle y retournait en vrai dans une boîte fermée. Avait-elle volontairement franchi les rails du passage à niveau pour attendre sagement que le train de 14 h 55 vienne s'encastrer dans sa frêle 4L ? Avait-elle prémédité son geste ou s'était-elle dit en apercevant la silhouette grise de notre petite gare que c'en était assez ? Et ses yeux fauves si semblables aux nôtres, étaient-ils grands ouverts ou bien fermés devant le danger qui s'avançait sur la voie ferrée ?

Sur la couverture d'un carnet fleuri est inscrit « journal intime ». Je reconnais cette écriture soignée. Je feuillette les pages noircies de textes et de dessins enfantins. Des dates éparses. 5 avril 1969, 8 juin 1971, 5 septembre 1973…

Maman m'a appris à faire un bouquet… Quand je serai grande je serai bergère… J'ai eu un A + en dictée… Les brebis sont parties ce matin… le plus bel endroit de la terre c'est la cabane de papa…

Et des photos collées çà et là entre les blocs de texte, le genre vieux clichés aux couleurs délavées et aux contours ciselés. Sur l'une d'elles, les grands-parents souriant avec maman petite. J'attrape une loupe dans un tiroir. Le visage de Sauveur prend toute la place dans l'ovale du verre. Maman est accrochée à son cou comme un koala, elle n'a pas plus de huit ans. Sauveur a belle allure avec sa veste à poils longs, un béret écru vissé sur le crâne et le buste ceinturé d'un tissu rouge. Le visage d'un prince à la fine moustache au bras d'Énéa. Mes grands-parents paraissent si minces, si jeunes, encore plus jeunes que moi maintenant. La bande-son de nos étés me revient en tête. Le calme absolu de la vallée, le sifflement aigu d'un milan dans le ciel, les cloches de l'église, le grincement du portail devant notre ferme et le soir, sur le tourne-disque de Sauveur, la voix suave d'Eddy Mitchell.

Y faut m'garder
Et m'emporter
J'suis pas périssable
J'suis bon à consommer.*

Comment as-tu pu imaginer une chose pareille ? Grand-père Sauveur était le plus gentil des aïeux. L'hiver, il labourait ses champs et entretenait son troupeau. Au début de l'été, il partait en transhumance dans les estives avec les bêtes. Son rêve se réalisait : de fermier, il devenait berger. Tandis qu'il vivait sa vie rêvée à la cabane du col, grand-mère Énéa tenait l'exploitation d'une main de maître. Durant les quatre mois d'absence de Sauveur, les Labat lui prêtaient main-forte en voisins solidaires comme le veut la coutume. Dans ces villages du Pays basque, il est plus grave de se fâcher entre voisins qu'entre les membres d'une même famille, d'où l'esprit de fraternité qui régnait dans le village de Sainte-Engrâce.

On voyait très rarement notre grand-père mais chacune de ses apparitions était une fête. Parfois il abandonnait son troupeau à un ami berger pour venir passer le week-end du 15 août avec nous. Le soir près du poêle, il nous contait des légendes qui nous faisaient frémir. Maman l'écoutait, assise par terre comme à son habitude. On imaginait facilement la petite fille qu'elle avait été.

---

* « Le cimetière des éléphants » d'Eddy Mitchell.

Les dernières pages du journal de maman relatent l'été de ses treize ans. Exceptionnellement, elle avait passé une partie de ses vacances à la cabane du col avec Sauveur. En date du 17 août 1972, elle se confie.

Queffélec nous a montré l'entrée du puits. Les gens qui l'ont découvert en 1950 s'appellent Giuseppe Occhialini (43 ans) et Georges Lepineux (31 ans). L'année d'après, Monsieur Marcel Loubens a fait une chute mortelle et ils ont mis deux ans à remonter son corps. Au bout de la galerie, il y a la grotte de La Verna.

J'aimerais te faire lire ces lignes. J'aimerais te mettre le nez dessus. Que tu voies ce qu'elle écrit, maman, à treize ans. Que tu captes son enthousiasme de petite fille curieuse et appliquée. Que tu observes ses dessins, en particulier le schéma du puits avec une tour Eiffel coincée dedans. Tu verrais bien comme moi qu'il n'y a aucun mal à tout cela. Maman avait un papa aimant qui lui donnait la curiosité des choses et des gens. Grâce à lui, elle a goûté cette vie pastorale dans leur cabane de berger à La Pierre Saint-Martin. Elle y a dormi « à l'étage » comme on disait avec humour, puisqu'en réalité il s'agissait d'une mezzanine à un mètre du sol. Le matin, elle buvait son bol de lait frais. La journée, elle gambadait avec Sauveur dans les alpages, laissant pacager les brebis qu'ensemble fille et père avaient traites à mains nues au lever du jour. L'été, à la médiocrité des réserves fourragères des vallées se substituait l'herbe grasse et savoureuse des alpages. Et quand Sylvaine n'aidait pas Sauveur à façonner leurs tommes dorées aux accents de soleil, de réglisse et de serpolet, elle constituait ses herbiers.

Je suis triste car demain c'est la rentrée. Je suis heureuse de revoir maman mais je pourrai plus vivre à l'etxola. J'ai hâte d'être à l'été prochain.*

Voilà comment maman concluait son journal l'année de ses treize ans.

Ma sœur, reviens te soigner. Reviens t'occuper de ton enfant. Tes délires n'existent que dans ta tête. Laisse les monstres dans les contes et légendes. Laisse le fantôme de grand-père refermer le livre en disant de sa grosse voix de berger : « Et tout fut alors comme tout avait toujours été. »

À cause de toi quand je ferme les yeux, je ne vois plus ces sphères comme des mappemondes sous mes paupières, toutes ces demi-orbites de Terre que j'ai assemblées pour combler le manque de toi. À la place de mes visions, je ne distingue que du noir. Comment pourrais-je continuer à faire la seule chose que je sais faire ? Quelle forme donner aux ténèbres ? Comment les sculpter ?

Avant de partir, il me prend une furieuse envie d'agir. Ma dernière sphère inachevée termine de sécher dans la seule caisse non scellée. Cette pièce initiée après la venue de Sofiane et Eddy, je l'ai façonnée en ne pensant qu'à toi. Elle t'appartient bien plus qu'elle n'appartient à Joshua. Alors je saisis le marteau qui

* Nom basque de la cabane de berger.

a servi à clouer les planches et l'abats de toutes mes forces. Je cogne et l'argile se rompt d'un coup. Des centaines de fragments tapissent l'embase. La forme parfaite ne se résume plus qu'à des morceaux tranchants. À l'aide d'un pied-de-biche, j'éventre la caisse pour récupérer les miettes de ce qu'il reste de ma sculpture. Je ne sais pas pourquoi mais je veux emporter avec moi le moindre fragment de cette forme brisée dont je déverse les débris dans une immense valise à roulettes.

II

GOUFFRES ET SOMMETS

11

On n'a pas cherché bien longtemps, Sofiane et moi. On a rempli des grands sacs plastique motif tartan avec ses vêtements à lui, des affaires du petit et même quelques vêtements à toi. On y a mis tout le fatras habituel des jeunes parents. Lait en poudre, pack d'eau minérale, couches et lingettes pour les fesses de bébé et aussi des jouets, un hochet en forme de lièvre, le tapis d'éveil éléphant rose, le transat vert pomme, la turbulette paille à tête d'ange et l'énorme ours qui trônait sur ton couvre-lit. De la taille d'un adulte avec une toison aussi douce que celle des soixante brebis de Sauveur, avec ses bras bienveillants pour s'y blottir en cas de chagrin. La veille j'en avais fait l'expérience quand Sofiane m'avait laissée seule dans l'appartement. Dans la chambre bleue, j'avais trouvé Eddy dans son lit parapluie. Petit Eddy dans un rai de soleil, le crâne recouvert d'un duvet soyeux. Dehors, les freins du tramway avaient sifflé et Eddy s'était figé, aux aguets. Il était resté sans bouger pendant quelques secondes puis avait tendu les bras vers moi. Allongés sur ton lit, nous nous étions blottis contre ton ours géant. Son pelage avait ton odeur ou du moins le souvenir que j'en avais. Tu l'avais affublé de rubans en vichy rose noués au cou et aux poignets comme si c'était une fille alors que, c'est bien connu, les ours en peluche n'ont jamais de sexe.

Quand tu étais ado, le sexe était une de tes obsessions. En repensant aux propos que tu as tenus à papa, je me sens prise de vertige. Car tout pourrait bien être vrai. Jeune fille, maman avait passé tellement de temps seule avec Sauveur dans la bergerie isolée qu'il pouvait s'y être passé des trucs que personne n'aurait jamais sus. Partagée entre la crainte et l'amour qu'elle portait à son père, maman aurait très bien pu garder tout ça pour elle. Personne n'aurait jamais été au courant. Mais dans ce cas, comment aurais-tu eu connaissance d'un tel secret ? Dans la fosse glissante vers laquelle tes accusations nous entraînent, tous les désordres d'antan prennent un éclairage différent : la tristesse de maman et son besoin absolu de toujours nous accompagner au Pays basque, le fait que grand-père parte se réfugier dans sa bergerie dès notre arrivée et la distance prise avec nos grands-parents après que maman a disparu, comme un fait exprès.

Toi et moi, on nous avait toujours dit que grand-père avait l'âme d'un berger. Si sa sœur ne s'était pas noyée à l'âge de cinq ans, en tant qu'aînée comme le veut la coutume, notre tante Sylvaine aurait hérité de la ferme que là-bas on nomme « etxea ». Elle aurait régi les terres agricoles dans la vallée et son frère Sauveur les brebis dans les estives l'été. Seulement voilà, Sauveur était devenu fils unique. À contrecœur, il avait endossé son rôle de fermier des années durant avant d'oser devenir berger sur le plateau karstique. C'est vers ce berceau de notre famille que Sofiane et moi partons, à seulement une heure trente de Pau, car c'est peut-être là que tu t'es réfugiée.

On a chargé tout ce barda dans la fourgonnette de Samantha avec la grosse valise à roulettes contenant les débris de feu ma sphère. Puisque cet été la fleuriste doit fermer boutique pour s'occuper de son mari, sa camionnette ne lui servira à rien. Et puis elle a une entière confiance en Sofiane et ça lui fait plaisir de nous savoir au vert. En pleine canicule, l'air de la ville ne vaut rien pour les bébés mais tu t'en doutes, ce n'est pas le thermomètre qui frôle les quarante degrés qui nous a guidés là-bas, plutôt un instinct de survie. Sans titre de séjour, Sofiane risque gros à traîner en ville. Un simple contrôle de papiers et c'en est fini de sa liberté et celle d'Eddy. Si les services sociaux s'en mêlent, il sera placé on ne sait où. Mieux vaut se faire tout petit dans l'immensité des Pyrénées.

Désormais, je n'ai plus rien devant moi. La Biennale se fera sans moi, et je suis à mille lieues de penser à mon avenir. Sans téléphone, je me sens plus libre que jamais. Ma place est là, dans tes objets, avec tes deux abandonnés : l'homme que tu as choisi et le fils qu'il t'a donné.

J'aime la conduite de Sofiane sur les départementales, sans à-coups, tout en souplesse. Ça m'amuse de le voir chantonner Eddy Mitchell. Est-ce que tu lui as dit que les morceaux de ton CD préféré étaient des vieilleries ? Qui sait si Sofiane ne les prend pas pour les derniers tubes à la mode ? D'après ce que je vois, il les a souvent écoutés. Quand il entonne ces couplets, sa bouche se déforme joliment. C'est amusant chez quelqu'un qui vient de si loin, cet accent d'ailleurs mâtiné de crooner.

M'man
J'viens tout juste d'avoir mes quatorze ans
J'veux plus d'école, j'suis dev'nu grand
J'te promets j'te gagn'rai plein d'argent
*M'man**

À l'arrière, Eddy gazouille dans son siège auto. Je l'entends mais je ne le vois pas. Quand il se tait, je me mets à paniquer. Ces tout-petits-là peuvent avaler n'importe quoi. Alors j'enjambe le siège pour venir m'asseoir juste à côté. Il me regarde faire et me sourit.

C'est fou ce que ton enfant a l'air facile.

Sur le trajet, Eddy ne pose aucun problème. J'avais imaginé qu'un déplacement de jeunes parents serait toute une histoire, mais non, rien à dire, tout est d'une simplicité déroutante. Dans son maxi cosy, Eddy attrape le doigt que je lui tends. Son odeur d'amande douce, ses yeux fauves semblables aux nôtres, la douceur de ses petits pieds, tout chez lui m'aimante. Ses babils se calent sur le rythme de la musique, il gazouille dans le tempo. Même si ses proportions témoignent d'autres mélanges, il y a beaucoup de toi en lui. Comme Sofiane, Eddy pousse tout en longueur. Une véritable liane, là où toi et moi nous nous tenons sagement dans la courbe basse de la moyenne nationale.

---

* « M'man » d'Eddy Mitchell.

Enfin Eddy s'endort pour de bon dans les rugissements du moteur. Je n'ose plus bouger, le doigt prisonnier. Un filet de bave coule de ses lèvres bonbon. Je l'essuie, il tressaille et je retiens mon souffle. Soulagée de ne pas l'avoir réveillé, je rejoins le siège passager : Sofiane, moi et bébé Eddy, une vraie petite famille qui partirait en vacances dans un village de Haute-Soule.

La veille du départ, on a beaucoup parlé de toi au dîner. Sofiane a étalé des documents près des boîtes à pizza : des rapports médicaux et autres ordonnances établies par le docteur Deny. Il y était question d'anxiolytiques, de haute dose de sels de lithium, de calmants. Depuis qu'il te connaît, les choses ont tellement empiré qu'à présent il se sent complètement dépassé. Sofiane a cru que l'arrivée du bébé estomperait tes crises mais c'est le contraire qui s'est produit. En un an, tu n'as vécu que la moitié du temps avec lui. L'autre moitié, tu recollais tes morceaux dans un institut de santé qui voulait bien t'accueillir en urgence. Ça commençait doucement, tu étais de plus en plus en joie puis tu te mettais à parler en permanence, même parfois la nuit dans ton sommeil. Quand tes crises s'intensifiaient, tu ne dormais presque plus. Tu traînais devant la télé ou sur les réseaux sociaux à observer ces vies des autres que tu ne connaissais pas. Souvent, tu les enviais. Ça te faisait souffrir mais tu étais intoxiquée. N'importe quelle vie plutôt que la tienne.

Ta grossesse s'est plutôt bien déroulée. Ta psychiatre a veillé sur toi mais, très vite après l'accouchement, l'interlude entre tes crises s'est cruellement raccourci. Sofiane pense que tu n'as jamais pris correctement ton traitement, mais que pouvait-il faire ? Te l'administrer de force ? Les soirs où ça n'allait plus du tout, il déposait Eddy chez Samantha pour te conduire à l'Institut. L'air hagard, tu restais assise dans le hall alors qu'il remplissait les papiers d'admission. Tu n'attendais que ça, dormir pour que le flot de tes pensées cesse. Tu ne protestais pas quand l'équipe médicale fermait la porte de ta chambre à clé. Parfois même tu le leur demandais. Tu leur disais : « Je veux me reposer », en n'attendant qu'une seule chose : que le silence vienne. Mais malgré tous ces cachets, dormir n'était pas simple et il te fallait beaucoup de patience. Et lui regagnait l'appartement avec votre enfant.

Sofiane ne t'a jamais entendue évoquer l'histoire d'un grand-père incestueux. Il imagine que tu as bâti ce nouveau récit au fil des semaines quand il n'était pas à tes côtés pour te raisonner. À l'Institut, tu avais rencontré une résidente à qui c'était arrivé, Anna ou peut-être Léa, il ne s'en souvient plus. Après chaque séjour, tu parlais d'elle en boucle jusqu'au jour où Anna/Léa s'est suicidée en avalant la boîte de cachets censés la soigner. Est-ce ce drame qui t'a permis de comprendre que maman était morte intentionnellement ? Petite, ça te prenait souvent d'élaborer une théorie à laquelle tu finissais par croire dur comme fer. Depuis la naissance d'Eddy, tu parlais à Sofiane de la mort de ta mère comme d'un mystère que tu éclaircirais.

Ton mari l'a dit hier soir : « Pour Louna, c'est trop dur qu'une mère abandonne ses enfants. » La beauté du paysage compense la tristesse que m'inspirent ces paroles. Sofiane a dû connaître ça, lui aussi, les mères obligées de fuir le nid pour sauver leur peau. Malgré tout, il ne t'en veut pas. Il pense que tu ne peux pas faire autrement. Qu'une fuite soit la seule issue possible est un concept qui lui est familier mais il s'étonne que, dans un pays comme le nôtre, on n'ait pas trouvé de meilleure solution pour les personnes comme toi.

À travers le pare-brise, je salue les reliefs comme de vieilles connaissances. Au-delà de Tardets, la route zigzague en longeant le Saison. J'indique la bifurcation et nous grimpons vers Sainte-Engrâce. À droite, les gorges de Kakuetta. Plus loin, la direction du barrage. Dans un virage, le centre d'accueil des visiteurs de la grotte de La Verna où il est écrit en toutes lettres « ENTREZ DANS L'AVENTURE SOUTERRAINE ».

Je guette le moindre détail de cette route familière. Quand apparaît le fronton aux couleurs délavées, je pointe d'un doigt la direction de notre ferme. Notre fourgonnette dépasse l'église, sa tour carrée et en face le café. Personne à cette heure. En longeant le cimetière, mon cœur se serre à l'idée qu'une partie infime de maman repose derrière ce muret. Dans la descente, la route plonge vers le ruisseau et apparaît enfin notre portail d'entrée.

Elle est toujours là, cette ferme dont nous avons hérité, moi la jumelle de sept minutes ton aînée et toi qui ne t'en es jamais souciée. Les volets sont tirés. Bien que boueux, le terrain reste praticable. Il n'y a plus qu'à s'arrêter et à s'y poser.

Comme moi, Sofiane est un peu déçu. Bêtement, nous nous étions raconté que tu pouvais t'être installée ici. Lui parce que tu l'avais tant bassiné avec tes envies de vie au grand air dans une cabane des Pyrénées, moi parce que je n'avais pas d'autre endroit où te chercher.

Trouver cette maison vide me met dans l'impasse. Je n'ai aucun plan B, et nulle part ailleurs où aller.

La longue clé rouillée que m'avait fait parvenir le notaire est bien celle de la porte principale. Les parterres de fleurs d'Énéa ont disparu mais le terrain est étonnamment propre. Depuis la mort de notre amona*, c'est Monsieur Labat, l'ancien voisin et ami de nos grands-parents, qui entretient la maison à mes frais. Je me contente de payer les yeux fermés les taxes, les factures d'eau et d'électricité ainsi que les réparations suivant les courriers qu'il m'adresse.

Autrefois, maman te confiait l'entretien des parterres. Je la revois avec toi penchée au-dessus des boutures, disant : « Ben alors, comment se portent mes belles plantes aujourd'hui ? » Dans sa phrase, maman s'adressait aussi bien aux jeunes pousses qu'à ton visage hyalin. Le jardinage était la seule activité que vous partagiez. Je me rappelle le calme qui t'habitait quand tes doigts plongeaient dans les plates-bandes. Certains jours, vous partiez à la ville acheter des bulbes et des sachets de graines de pivoines, œillets, campanules, dahlias et scabieuses. Le lendemain, maman te montrait comment faire et tu épousais son tempo. Sans rechigner, ta pile interne ralentissait. Lentement, tu dégageais la terre des godets, libérais les racines et les plongeais dans le seau en comptant jusqu'à cinq. Ensuite, tu déposais la motte humide au creux de la

* Grand-mère en basque.

terre. Malgré tes gants épais, tes ongles restaient noirs jusqu'à la fin de l'été.

Il n'y a pas qu'ici que vous communiiez ainsi. Dans notre plat pays, le jardinage te plaisait aussi puisque tes droséras – ces petites plantes carnivores expatriées du Pays basque – résistaient aux hivers poitevins. C'était ta fierté. Devant l'ancienne gare, leurs étroites touffes rougeâtres se nourrissaient d'imprudents insectes posés sur leurs feuilles visqueuses tandis que leurs racines tissaient en souterrain une toile nourricière dans la terre tourbeuse.

Moi, je passais mon temps dans mes dessins. Toi, tu apprenais le vivant avec Sylvaine. Comment préparer les sols, protéger du gel, tailler à ras. Entre maman et toi s'élaborait une langue secrète composée de gestes qui m'étaient étrangers. Un héritage précieux qui te disait de laisser filer, d'ignorer les regrets, les peines et les contrariétés. Surtout de ne pas ressasser, ta spécialité.

12

Pour suivre ta trace, j'ai interrogé les voisins. Monsieur Labat m'a servi un café amer dans la cuisine de sa ferme aux murs chaulés. Silencieuse observatrice, sa toute petite femme au visage aussi ridé qu'un fruit séché se tenait à distance. À leur façon de me regarder comme une bête curieuse, j'ai compris qu'ils ne mentaient pas : tes yeux fauves n'avaient pas croisé les leurs depuis bien longtemps. Lui a dit : « Je me souviens bien de vous, petites », ce à quoi sa femme a ajouté : « vous ressemblez sacrément à votre mère », sans que je sache s'il s'agissait d'un compliment ou du contraire. Ils ont parlé de nos grands-parents comme des membres de leur famille. Les choses se passent ainsi ici : les maisons tracent autour d'elles des cercles invisibles incluant le voisinage proche comme autant de liens de parenté qu'aucun arbre généalogique ne stipulera jamais.

Serge m'a montré les travaux menés depuis le décès d'Énéa : les clôtures neuves, les coupes de ronces autour des bosquets et tout récemment la peinture des volets décatis dans leur couleur d'origine, le « berde » d'ici, que j'avais approuvée. Son français a beau être parfait, le nom des couleurs fait de la résistance en langue basque. L'hiver, leurs brebis paissent dans notre enclos pour désherber nos champs, ce qui explique la propreté du terrain. Avec ses volets propres, son toit d'ardoise et ses murs de badigeon clair, les randonneurs doivent s'imaginer que notre ferme tourne comme au bon vieux temps.

En forme de L, le bâtiment dégage une cour à l'avant. Les murs de la partie habitation sont enduits de chaux tandis que ceux de la partie agricole sont recouverts de galets ramassés sur les rives du gave. Fruit d'une tradition séculaire, l'etxea n'a pas de fondations puisqu'elle repose directement sur le sol. Ses formes conjuguent symétrie et dissymétrie avec harmonie. Côté logis, une toiture d'ardoise comporte quatre fortes pentes quand le bâtiment agricole n'en compte que deux. L'hiver, la neige y glisse sans accroc. Une rampe extérieure conduit au fenil au-dessus des étables.

Une porte charretière donne accès à l'eskaratz, cet entre-deux-mondes qui sépare le domaine privé des activités agricoles. D'un côté la vie familiale avec ses deux étages percés de fenêtres et, de l'autre, le cheptel des bêtes et les récoltes, grands absents à présent. Taillé dans la lourde clé de pierre, le patronyme des nôtres s'inscrit dans un cartouche au-dessus de l'entrée : *Ibaiarenak*, « ceux de la rivière ». En pénétrant dans la pièce sombre, Serge énumère les activités que viennent ici chercher les touristes l'été, celles qui selon lui pourraient intéresser mon homme et mon bébé. Je ne démens pas les liens qu'il s'est imaginés. Il ouvre les volets, il faut que la maison respire. Est-ce que j'ai l'intention de m'installer ici comme tant de citadins fuyant les villes ? Il parle de l'hiver qui vient de passer, de la violence des crues et des hausses inquiétantes du Saison et du gave d'Oloron. À Cambo en janvier dernier, route d'Halsou, une voiture a été immobilisée sur le pont et son conducteur a dû être hélitreuillé. Dans des prés vers Larrau quand le gave a soudainement gonflé, on n'a pas pu intervenir à temps et six vaches ont été emportées par le courant. C'est aussi ça, la vie dans les Pyrénées.

J'écoute sans écouter ce classique du monde agricole fait du rythme des saisons, de mises bas du bétail et des coulées de boue qui ravagent les maisons. Je me demande si cette parodie de la vie rurale n'est pas un numéro bien rodé destiné à distraire le chaland pour lui donner ce qu'il est venu chercher. Ces images d'Épinal s'adressent à l'homme des villes qui a perdu le lien à force de connexions. Chaque été durant quelques semaines, il vient se frotter à ses racines lointaines. Quelque chose l'aimante sur ce point de la carte vers lequel il se met en route. Il marche sous le soleil de juillet, transpire, peine sur les sentiers en crachant ses poumons gorgés de particules fines. Il a pensé à tout, l'eau, la crème solaire, les barres de céréales, les fruits secs. Tandis que ses sens se raniment sur les sentes obliques, il accélère le pas. Il compare cette vallée à une autre qu'il a déjà connue ; ce cirque à couper le souffle lui rappelle une randonnée ailleurs ; ce canyon, un voyage effectué il y a peu d'années. Ensemble avec ses comparses – parce que l'homme des villes se risque rarement seul –, il gâche pourtant l'instant. C'est que l'homme des villes n'est pas vierge, il a lu tant de choses, a vu tant de films, entendu tant d'histoires. On ne la lui fait pas. Il a beau ne pas savoir allumer un feu ou ouvrir une coque de noix sans s'entailler un doigt, il se prétend savant. Ce qui lui manque, c'est l'instinct. Il n'est rien sans ses outils d'aujourd'hui, tout aussi dépendant que moi de ceux que j'ai abandonnés dans mon ancien atelier des Chartrons. Tous ces objets qui me rassuraient et me berçaient en affirmant de leur implacable inertie que j'étais dans le vrai, que mes choix étaient les bons, qu'en faisant ce que je faisais j'atteindrais ma vérité par la seule et unique voie qui s'offrait à moi. Mes sphères, mon tablier en lin taché d'argile, mes mirettes, mon four, mon téléphone, mon ordinateur, toutes ces choses, je les ai laissées derrière moi. Moi aussi j'ai fait comme toi : tout abandonner. Est-ce par mimétisme que j'ai éprouvé le besoin de me séparer de ce qui m'était cher ? Mes sphères étaient comme mes enfants et, pourtant, j'ai commis cet acte insensé : je les ai abandonnées et j'ai brisé la toute dernière à laquelle j'avais donné corps. Les autres vivront leur vie d'orphelines mais, celle-ci, j'ai préféré la détruire plutôt que de la donner en pâture à Joshua qui en attendait la venue. Pour la première fois, je me suis rebellée contre ce plaisir devenu par sa faute obligation et, comme le coupable affolé par son crime, j'ai emporté avec moi les preuves de ma démence. Cette violence m'inspire le récit de ton propre départ. Le matin où, seule face à l'enfant, pendant que Sofiane dormait, tu as préféré prendre la fuite plutôt que de rester, l'envie brutale de tout détruire t'est-elle venue ? Est-ce que, penchée au-dessus du lit parapluie où dormait Eddy, tu t'es imaginée agir en monstre ? La force qu'il te faudrait pour subvenir aux besoins de ce petit être t'a-t-elle donné le vertige ? Eddy au visage d'ange te souriait au réveil dans la lumière tamisée des rideaux de dentelles et toi, que faisais-tu ? Tu pleurais peut-être ? « Des larmes de crocodile », comme disait maman, coulaient le long de tes joues replètes. Un instant, l'idée de le prendre dans tes bras t'a effleurée mais aussitôt, traversant ton esprit, une image effrayante t'en a empêchée. Le docteur Deny l'a dit, ce bébé ne t'a pas fait que du bien. Au contraire, sa venue au monde t'a « ravagée ». Sa présence a alourdi ton fardeau, et ta fuite en dit plus long que tous les discours. Devant ce berceau, tes mauvaises idées déferlent. Ton bébé devient la cause de tous tes tourments et, s'il n'était pas là, tu t'en porterais mieux. D'elle-même ta main tremblante s'approche de son cou et soudainement tu prends peur. Tu es un monstre, tu te fais horreur. Alors tu fuis. Sans plus attendre, tu refermes la porte de la chambre aux frises bleutées et tu attrapes une besace que tu remplis avec tout ce qui te tombe sous la main. Surtout tu ne traînes pas. Rester une minute de plus pourrait lui être fatal et tu ne veux pas être de ces démentes-là. Les encarts des journaux sont remplis de faits divers du même acabit, de mères irresponsables et de bébés secoués, c'est pour ça que tu t'en vas. C'est une question de parole. Dans la famille où tu es née, ceux qui t'aimaient ne savaient pas confier leurs peines. Toi comme moi, on ne nous a pas appris à parler de nous. Quand ça vient, ce sont des cris, des coups, des pleurs, des menaces ou des excès, jamais des paroles posées. On se retient, la pression monte et il faut que ça sorte. « Tu veux qu'on parle ? » disait Caro, mais ça ne sortait jamais comme ça aurait dû, pas plus chez toi que chez moi. Sans que tu en comprennes le sens, les maux qui t'habitaient ont rongé ton âme comme l'eau ronge le fer. Les remèdes proposés te demandent trop d'efforts. Le docteur Deny t'a bien parlé de ces thérapies et de ces cures qui ont fait leur preuve. Elles s'inscrivent toujours dans la durée et toi, tu n'en veux pas, de ce temps long. Depuis toujours, tu tentes de t'en sortir en colmatant les failles et l'idée de te poser pour décortiquer les tenants et aboutissants de ta psyché t'épuise d'avance. Qu'une maladie se soigne à coups de cachets, pourquoi pas, mais qu'il faille ausculter sans cesse le fond des ténèbres dans l'espoir incertain de renaître un jour, tu n'en auras jamais la force. Tu as toujours été comme ça, spontanée, à faire les choses comme elles viennent. C'est ta force et tu le sais. Il n'y a qu'avec les plantes que tu acceptes d'attendre et, si certains jours des derniers mois, tu n'as pas cru bon de prendre tes cachets parce que tu te sentais mieux, ça ne regardait que toi. Tu t'étais promis de t'avoir à l'œil mais tu as perdu le contrôle. C'est pour cela que tu as fui un beau matin de mai : à cause de cette image hideuse de toi capable du pire. Moi non plus, je n'ai pas cherché à réparer les maux qui m'habitent. Je ne peux que te comprendre puisque j'ai fait de même : j'ai cassé mon bébé et j'ai pris la fuite avec sa dépouille cachée dans ma grande valise.

Puisqu'il faut bien s'y atteler, j'entreprends de ranger la maison. Pour épargner les étagères qui s'écroulaient sous le poids des livres dans la grande armoire du premier, je retire les encyclopédies. Par superstition, je pose l'une d'elles, *L'Art du jardinier*, sur le buffet pour que tu ne voies qu'elle si tu venais à entrer. Sofiane revient de Tardets le coffre plein de victuailles. Ma carte bleue a chauffé, je lui avais dit de prendre les produits de première nécessité et le papa parfait a acheté de quoi soutenir un siège dans la maison aux placards vides. Ensemble, nous déchargeons les courses et les rangeons selon la logique des lieux sur les étagères hâtivement dépoussiérées. Le frigo tout juste nettoyé à la Javel est vite plein à craquer. Habitué aux déménagements, Sofiane a pensé à tout, de la bouteille de gaz au sel de mer, en passant par les féculents, les boîtes de conserves, les produits frais, le lait en poudre et l'eau minérale pour bébé. Je cherche mais je ne trouve pas l'alcool que, sans lui dire, j'espérais qu'il achèterait. Ce qui pour moi s'avère nécessaire ne l'est pas pour Sofiane. Je regarde ma montre. Bientôt six heures. Il y a bien trop à faire pour retourner en ville. Ce soir encore, je peinerai à trouver le sommeil.

Dans la fourgonnette, Eddy s'est endormi. Sur l'autoradio le chanteur éponyme continue de s'époumoner comme il a dû le faire depuis le supermarché.

Enfant elle était très jolie
Elle est encore mieux aujourd'hui
Mais cet ange est un vrai démon
Elle détruit les garçons
*Elle détruit les garçons**

---

* « Elle détruit les garçons » Eddy Mitchell.

Sofiane nettoie la cuisine dans un tourbillon. C'est comme ça qu'il doit faire ses livraisons de chantier quand le client s'impatiente sur le palier. Son agitation me rappelle l'empressement avec lequel je termine mes sculptures. La veille de la venue de Joshua, l'atelier ressemble encore à un taudis et le lendemain, dès la première heure, Amaury et moi le transformons en une galerie. Quand on sonne en bas, nous donnons un dernier coup de balai le temps du monte-charge et voilà que l'inspecteur des travaux finis s'avance sous la grande verrière. L'air sévère, il tourne autour du nouveau-né. Mon assistant et moi échangeons un regard entre inquiétude et espoir. Aurait-on mal fait ? Bâclé un détail ? Omis une aspérité ? Quand Joshua pose sa main sous le menton, nous soufflons de concert, soulagés de savoir le maître satisfait. La bataille est gagnée, l'œuvre mérite ses égards, sa perfection lui sied. Tout est sous contrôle : il jauge sa valeur pécuniaire en se préfigurant son futur acquéreur. En regardant Sofiane manier la serpillière, je me demande pourquoi j'attendais tant de Joshua. Puisque mes sphères existaient sans lui, en quoi avais-je besoin de ce cérémonial avilissant ? Joshua, qui n'avait pas assisté à l'accouchement, venait m'enlever mon bébé. « Un artiste doit apprendre à se détacher sans quoi il piétine toute sa vie, compris, grumpy… » Toutes ces litanies me paraissent tellement inutiles à présent que j'ai débuté mon sevrage de lui.

Sofiane a ôté les draps blancs qui recouvraient les meubles. La cuisine qu'ici les gens nomment sulkade se strie de faisceaux dans lesquels danse la poussière surannée. Muni d'un chiffon, il cire frénétiquement le züzülü qui reprend des couleurs. C'est sur ce banc que Sauveur venait s'asseoir près de l'âtre en attendant que nos bols de soupe refroidissent sur la tablette en noyer. Rien ne nous faisait tant frémir que ces histoires ancestrales qu'il tirait de ses vieux grimoires. « Tu vas encore les empêcher de dormir », disait Énéa quand on le suppliait de continuer bien au-delà de l'heure autorisée. Ces récits de vengeance des hommes du Baretous éventrant l'épouse enceinte dans la vallée du Roncal* n'étaient pas vraiment de notre âge, mais rien ne nous plaisait tant que le dessin de l'enfant mort-né pendu par les entrailles de sa mère à la branche d'un hêtre. Assise de l'autre côté du banc, maman écoutait. Dans la lumière vacillante des flammes, je voyais ses lèvres s'agiter au fur et à mesure des chapitres sanglants qu'elle connaissait par cœur.

Derrière les battants de la lingère au pied d'escargot, là où je l'avais espéré, se trouvent le tourne-disque et la collection de 33 tours adossés au fond tapissé. J'ôte le ballotin moutonneux sous le diamant qui grésille et le dépose sur les sillons d'un vinyle choisi au hasard. Dès les premières notes de piano qui emplissent la maison, le timbre suave s'impose comme une machine à remonter de temps. Et nous restons là, à écouter, Sofiane son torchon à carreaux sur l'épaule et moi les mains pressées l'une contre l'autre pour faire taire l'émotion.

J'ai oublié de l'oublier
Celle qui était mon passé

---

* La junte de Roncal, vers 1375.

Cet amour mort à tout jamais
J'ai oublié de l'oublier
Car ce rêve inachevé
Était beau
*Et bête à pleurer**

À travers les carreaux flués j'aperçois en toile de fond les gorges d'Ehujarré. J'aime cette lumière azurée qui annonce la fin de journée. Je la reconnais après vingt-quatre ans d'absence. En direction du ravin d'Arphidia, un chien aboie. Dans le vallon tintent les sonnailles au cou des bêtes.

Toi mon cœur, reste à ta place
Il ne faut pas que je sache
Rester encore amoureux
Me rendrait si malheureux
Ne plus rêver
Ne plus penser
À tous les deux

Le morceau s'achève dans une déferlante de violons. Le cœur serré, nous reprenons notre labeur en silence, lui la fée du logis, moi l'anthropologue à la recherche d'indices pour percer tes mystères.

Si la plupart des vinyles ont les coins écornés, celui-ci paraît neuf. La compilation s'intitule « Curiosités 1964-2009 ». Sur la jaquette, grand sourire, Eddy Mitchell pose dans son costume bleu gendarme, une paire de lunettes blanches cartonnées juchée sur le

* « J'ai oublié de l'aimer » d'Eddy Mitchell.

nez. L'édition date de 2011, année où Sauveur a succombé à une crise cardiaque en décembre, devançant de quelques mois seulement sa fidèle Énéa, solidaire jusque dans les causes de son décès. Un autocollant doré « Fnac » masque le prix. J'imagine notre grand-mère commander en ligne ce dernier opus pour le plaisir de son collectionneur de mari, les doigts crispés sur le clavier de l'ordinateur de Serge et Maïté, portant à l'annulaire une alliance semblable à la tienne sur sa chaînette dorée.

Sur le perron, ton mari me tend un biberon tiède.

Ça vous dit ?

Amusée par ce vouvoiement inopiné, j'accepte. Il sort dans la cour et claque des mains en direction de la fourgonnette.

À table, Eddy !

Dans son maxi-cosy, l'enfant s'éveille en sursaut et pousse un cri. Mon rire entraîne le leur et nous voilà tous les trois hilares dans la cour de l'etxea.

Pendant la tétée, je pense à toi. J'aimerais tellement que tu sois à ma place sur ce banc de pierre où tu trafiquais tes boutures. Comme moi maintenant, j'aimerais que tu ressentes les caresses de ces petits doigts potelés sur ton bras nu. J'aimerais que ces petits yeux mi-clos suivent les courbes arrondies de ton visage. Que le mouvement régulier de cette adorable glotte t'hypnotise toi aussi. Entendre Eddy engloutir son biberon est un délice dont tu te prives, toi la vagabonde en quête de je ne sais quelle vérité. Si tu voyais le bonheur que ton enfant éprouve, là dans cette cour dont toi et moi connaissons le moindre recoin, tu ne penserais pas comme tu le fais que le mal est partout.

Tu t'es trompée, je le crois intimement, tout homme n'est pas un danger. Voir ton Sofiane qui tient tant à toi devrait t'en convaincre. La peau de ton bébé est si douce et son teint si rosé. La merveille à qui tu as donné la vie a tant besoin de toi, et toi de lui, voilà à quoi je rêvasse devant ton petit bout qui ingurgite son demi-litre de lait.

Pendant ce temps, Sofiane a nettoyé les chambres au premier. J'occuperai celle de maman et ton homme et Eddy celle des grands-parents. Habitué à tout faire, il s'occupe même du dîner : des pâtes à la carbonara. Je devine que tous les soirs, en rentrant du chantier, il t'a gâtée ainsi. Son régime alimentaire de forçat t'a bien profité et désormais c'est moi qu'il compte engraisser. « Faut prendre des forces », répète-t-il avant de monter se coucher. Les maigres comme moi ne lui inspirent rien de bon et il prétend qu'il va veiller à ma santé. Dans l'escalier, je dépose un baiser sur la joue d'Eddy assoupi dans ses bras.

Dès que Sofiane est parti, je me rue sur le garde-manger. Un besoin pressant a ravivé ma mémoire : c'est bien là que Sauveur conservait ses alcools. Parmi les pots de confiture et les bocaux vides, il ne reste qu'une bouteille de Patxaran encore intacte. J'agite la boisson couleur miel dans la lueur des flammes. Le bouchon de liège s'effrite sous mes doigts pressés. Je bois à même le goulot tandis que l'aigreur du liquide brûle ma gorge. Une vague de chaleur déferle à l'intérieur de moi. Quand je reprends mon souffle, des relents madérisés l'emportent sur les saveurs de prunelles sauvages et d'anis. Je contiens un haut-le-cœur et recommence à boire. Très vite la bouteille y passe. Par chance, il n'y en a qu'une seule dans ce maudit placard.

Le lendemain quand je m'éveille dans la chambre de maman, je ne me souviens plus comment je suis montée là. Puis tout me revient. Le contact froid du carrelage, la bassine de plastique bleue, mes cheveux que Sofiane retenait d'une main, la nausée, mon ventre endolori et le sang sur mon front. Je ne veux pas de tout ça, ce n'est qu'un mauvais rêve. Dehors, derrière les volets clos, une nouvelle journée s'annonce. Je la voudrais aussi douce que la précédente. Moi, l'homme et l'enfant laissant couler le temps dans cette ferme comme une crèche vivante. Dans ce triptyque qui me fait du bien, il n'y a pas de place pour ce pantin désarticulé gisant sur le carrelage au beau milieu de la nuit. Cet épisode n'a jamais existé. Mais quand je relève la tête vers le miroir au mur, sur mon front la présence d'une entaille ensanglantée anéantit sur-le-champ mes douces illusions de beauté.

13

Pourquoi tu bois comme ça ?

Dans la voix de Sofiane, ni jugement ni reproche, juste un soupçon de désolation. À l'auberge Elichalt en face de l'église, cette belle romane asymétrique avec ses deux absidioles, ses trois nefs et ses douze chapiteaux, la patronne nous indique le bureau d'accueil de la grotte. Pour les premiers secours, il aurait été plus simple de demander aux voisins mais Sofiane a compris que je préfère ne pas les mêler à cette histoire. Plutôt souffrir que d'affronter devant ces paisibles personnes la honte qui gangrène mes lendemains d'excès.

Nous longeons quelques fermes fleuries sur la route déserte. Une autre fois, une telle promenade dans la douceur du matin aurait été un délice mais, sous mes tempes, le sang cogne à m'en faire exploser le crâne. Un étau qui compresse ma poitrine me coupe le souffle. À l'inverse des habituels témoins de mes incartades, Sofiane agit avec indulgence. Contrairement à Joshua qui remplissait abondamment mon verre, il n'encourage pas mes mauvais penchants ni ne me dénigre. Je pressens l'importance d'un allié dans ce qui pourrait devenir un combat. N'est-il pas temps de devenir enfin adulte ? À savoir prendre des décisions et faire preuve d'indépendance ?

Cette nuit, si Sofiane n'avait pas été là, je me serais réveillée dans une mare abjecte. Dans ce paysage idyllique, la honte m'assaille. Sofiane s'adresse à moi et j'ai envie de disparaître sous terre. Avec n'importe qui d'autre, je serais devenue mauvaise. J'aurais contre-attaqué, toutes griffes dehors, portée par cette mauvaise humeur toxique qui nimbe les jours d'après, mais Sofiane n'a rien d'un agresseur. Il ne cherche pas la lutte. Sa façon de me tolérer comme je suis me désarçonne. Je n'ai jamais ressenti une telle bienveillance de la part de quiconque, sauf peut-être de Caro. Dans la lumière matinale, il me soutient par le bras et guide mes pas. Non que je ne puisse tenir debout sans lui, mais ses bons offices atténuent l'épuisement de ma carcasse mise à mal par mes outrances. Il semble ne pas m'en vouloir de cette fin de soirée lamentable. Il sifflote même, un brin de paille coincé entre ses dents. Le fataliste inquiet fait ce qu'il a à faire quand un incident de parcours se met en travers de sa route : il démêle autant que faire se peut les nœuds fragiles d'un destin humain.

Au bureau de la grotte, l'homme qui nous accueille se montre tout aussi aimable. Sans poser de questions, il met à notre disposition la petite pièce qui tient lieu d'infirmerie. Tandis que Sofiane désinfecte mon front, le spéléologue se penche sur mon visage. Quelque chose l'aimante qui ralentit ses mouvements quand tout à l'heure il semblait pressé par ses préparatifs. Je crois comprendre que l'étrangeté de mes yeux l'attire, alors pour qu'on me fiche la paix je clos mes paupières. C'est le jour parfait pour se faire oublier.

La question de Sofiane me hante. Pourquoi je bois comme ça ? Pourquoi si souvent je tente d'échapper au réel d'une aussi pleutre manière ? Suis-je à ce point insupportable qu'il me faut m'assommer d'alcool pour tolérer ma propre personne ? Ce n'est pourtant pas à mon propos que Yann disait : « Pauvre fille, rien à en tirer », dans ses moments de colère. De moi, il se contentait de dire : « C'est toi qui sais », quand je lui soumettais un projet comme cette première fois où j'ai évoqué mon départ pour Poitiers. L'orientation que prenaient mes études lui échappait mais papa me faisait confiance. « Je ne me fais aucun souci pour Stella », disait-il à qui voulait bien l'entendre sans jamais chercher à interroger plus loin mes aspirations. Avec toi, il en allait autrement. Après le décès de maman, il suffisait que tu ouvres la bouche pour qu'il tourne les talons. C'était ainsi, il ne misait pas un kopeck sur tes utopies. La fois où tu avais envisagé de transformer la vieille caravane en camion à glaces ambulant aurait pu l'amuser mais ton idée l'avait tout simplement horripilé. À chacun de tes projets, il rétorquait une impossibilité quand il suffisait que j'énonce un souhait pour qu'il soit exaucé. L'inscription aux Beaux-Arts, les frais de colocation, le matériel à acheter, venant de moi tout passait. Papa pensait qu'il n'avait pas à s'inquiéter de moi alors qu'avec toi, c'était alerte maximale. Il te rêvait serveuse au Relais pour toujours garder un œil sur toi. Lui seul avait compris qu'avec tes hauts et tes bas tu étais faite du même bois que son épouse aux penchants suicidaires. À l'âge adulte, notre mère avait posté sa 4L blanche sur ce passage à niveau pour faire taire ses souffrances, quand toi, du haut de tes seize ans, tu montrais déjà des signes inquiétants. « Borderline », avait dit le prof d'anglais quand tu avais fait ce scandale en fin d'année. En son for intérieur, notre papa si peu psychologue ne craignait-il pas que tu aies hérité des maux de notre mère ? Qu'à tout moment, tu ne deviennes un danger pour toi-même ? Tes humeurs lunatiques ne l'y trompaient pas : tu étais celle qu'il fallait maintenir au chaud le plus longtemps possible pour son bien, voire pour sa survie ; et quand bien même il peinait à supporter ton bouillonnant caractère, il avait préféré te mettre des bâtons dans les roues jusqu'à un âge avancé pour que tu restes au bercail, ne serait-ce que pour garder un œil sur toi. C'était sûrement sa façon à lui de t'aimer.

Est-ce que je bois pour ne pas m'en sortir indemne, moi qui n'ai pas été condamnée à tes instabilités maladives ? Est-ce que je bois pour m'infliger une avarie d'origine dont j'ai été épargnée ? Pour que dans notre duo, chacune porte sa croix ? La bipolarité est une maladie dont je n'ai pas hérité, moi qui étais ta moitié. Pourquoi toi et pourquoi pas moi ? Par solidarité sororelle, a-t-il fallu que je m'accable pour réparer l'injustice qui n'a frappé que toi ? Pourquoi, comme dans la tradition basque, l'aînée hériterait-elle d'une ferme au paradis quand la cadette écoperait d'un trouble délétère en enfer ?

Dans le miroir de l'armoire à pharmacie s'affiche mon front suturé d'adhésifs. Avant de partir, le spéléologue nous propose un café. Ce grand brun discret d'une quarantaine d'années s'appelle Xabi. Il est né pas très loin d'ici dans une vallée qu'il a quittée pour travailler à Paris avant de revenir à ses premières passions. Depuis, il a repris ses études et termine un doctorat de géologie à l'Université de Toulouse. L'été, il se consacre entièrement à la spéléologie. Sa marque de fabrique qui barre son visage, c'est le genre de « monosourcil » que tu n'aimais pas. Malgré l'heure matinale, ses vêtements sont recouverts de boue, à croire qu'il a enfilé ceux de la veille au saut du lit. Je reconnais la teinte de l'argile que j'aime tant malaxer, au bas des jambes elle forme comme une seconde peau craquelée sur le tissu enduit de sa combinaison rouge. À son harnais claironnent des mousquetons argentés comme autant de points d'encordement. Sur le parking, une Jeep antique patiente jusqu'à la prochaine expédition. Ici, l'aventure dite souterraine compose le quotidien et l'exploration des galeries n'a rien d'exceptionnel, à tel point que certains spéléologues considèrent comme louche le reste de l'humanité résolue à vivre sur le plancher des vaches.

Et si vous visitiez La Verna ?

Un casque à la main, Xabi ajoute : « Et avec ça, vous ne risquez rien », en désignant mon front zébré. Sofiane fait un pas en arrière. Affolé par cette proposition, il prétexte qu'on doit retrouver quelqu'un, ce qui est entièrement vrai. Le déraciné a déjà éprouvé la peur de chavirer alors qu'il ne sait pas nager. Il n'a aucune envie de se frotter à d'autres épopées contre nature. Xabi n'insiste pas. Il n'ignore pas que la plupart des terriens perçoivent les profondeurs comme un milieu hostile, alors que lui s'y sent comme nulle part ailleurs. Quand il s'aventure à plat ventre dans un boyau, son cœur vibre plus intensément. Il y a sous terre une constance qu'il ne trouve pas au-dehors. Quelle que soit la saison, dans la grotte la température et le taux d'humidité restent les mêmes. Six degrés, qu'il pleuve, qu'il vente ou qu'il neige. Le jour et la nuit se ressemblent. Le noir – cette absence de couleur – lui est si familier qu'à certains moments dans le calme de la bibliothèque de l'université, il ferme les yeux pour s'imaginer sous terre. Les touristes qui visitent la salle pour la première fois lui disent qu'ils ont peur du noir, alors qu'en réalité ce qu'ils croient noir ne l'est pas tout à fait. Il les rassure en expliquant que, techniquement, il est impossible de voir le noir absolu puisque l'obscurité perçue par le nerf optique est parasitée par le bruit de fond de l'influx nerveux. En lieu et place, *l'eigengrau*, ce gris très foncé comme le nomment les Allemands. Si Xabi apprécie l'esthétique de cette couleur qui n'en est pas une, il ne désespère pas voir un jour un noir encore plus profond. C'est aussi pour ça qu'il y retourne : pour l'obscurité et ce silence qui inquiète les novices et le rassure. Et pour ces poussées d'adrénaline que les descentes dans le vide le long de la corde lui procurent chaque fois qu'il plonge vers ces profondeurs où les puits, les galeries et les gouffres lui chuchotent leur message secret. Sous terre, nulle fioriture, seulement l'essentiel. L'espace-temps aboli, une impression de grand calme s'empare de lui et il lui semble soudain comprendre le sens de sa vie : celle d'un être curieux dont seule l'intelligence assurera la survie. Au cours de ces descentes, il faut s'économiser, chaque geste compte. Lui pourtant si loquace ne saurait décrire ses impressions : ces choses-là se ressentent, elles ne se racontent pas. Avant, pendant et après, on les partage avec d'autres passionnés. Xabi n'a jamais compris pourquoi les hommes s'efforcent de conquérir l'espace alors qu'il y a tant d'inconnu sous nos pieds. Les excavations des profondeurs en disent plus long que ces roches lunaires récoltées à grands frais. Notre siècle ne suffira pas à en venir à bout, alors à quoi bon s'échiner à faire décoller des navettes qui finiront dans une de ces déchèteries de l'espace ? Combien de corridors et d'abîmes inexplorés ? De rivières souterraines, de faune et de flore non répertoriées ? C'est sous terre qu'il se sent le mieux. Ces Dargilan, ces Grandes Canalettes, ce gouffre Berger, cet Aven d'Orgnac, rien que dans le sud de la France son terrain de jeu paraît infini mais pour l'heure l'accapare tout entier cette salle de La Verna, l'une des plus vastes au monde dans laquelle il a trouvé abri le temps d'un été.

C'est ainsi qu'en quelques minutes Xabi parle de lui. Son aisance et sa sincérité me fascinent. Alors qu'il est grand temps pour nous de quitter l'endroit, sans cesse je reviens vers lui sous de multiples prétextes. Prenant appui sur les photos accrochées aux murs, je le questionne.

Quand la grotte a-t-elle été découverte ?

Quand a-t-elle été ouverte au public ?

Des vitrines de verre dévoilent l'équipement des pionniers, ces poulies, torches, baudriers, lampes à gaz ayant servi aux premières missions. Sur les cartels des photos s'inscrivent des noms familiers à mes oreilles : Théodor, Lépineux, Epelly, Letrône et Ballandraux ou encore Max Cosyns. Jusqu'alors, j'avais totalement oublié ces récits des années cinquante quand, depuis une doline, l'envol d'une poignée de choucas avait guidé les spéléologues vers un puits si profond que les pierres ricochaient sans fin sur ses parois abruptes. Sur le livre d'or où les touristes consignent leurs impressions, un enfant a dessiné au crayon le gouffre et les galeries qui mènent à une grotte ronde comme une lune. Sur ce dessin la salle abrite une cathédrale près de là où maman imaginait une tour Eiffel. Je repense à ce journal intime dans lequel elle évoquait sa fascination pour les mondes souterrains. Je la revois en promenade nous conter les périples de ces pionniers que Sauveur avait croisés à La Pierre Saint-Martin. Le lendemain, toi et moi partions en exploration dans les gorges d'Arphidia en quête d'un de ces passages vers le centre de la terre. À la fin de l'été, tu revenais au plat pays avec des anecdotes plein la bouche. À t'entendre, pas une galerie qui menait à La Verna n'avait de secret pour toi. Le dimanche à l'heure du thé, Caro faisait mine d'y croire tandis que maman dodelinait de la tête. Quant à Yann qui d'ordinaire ne supportait pas tes mensonges, il acquiesçait d'un air admiratif. « J'ai trouvé l'entrée... C'est une brebis qui m'a guidée... J'ai suivi la corniche au-dessus du vide. » À coups de « oh ! » et de « ah ! », tout le monde jouait ton petit jeu sans prêter attention à moi, l'autre jumelle qui n'avait rien à dire, chacun s'extasiant pour de faux devant Louna-l'exploratrice-qui-n'avait-peur-de-rien. Tu rêvais que ton nom s'inscrive dans les manuels d'histoire : toi, la première femme spéléologue française, mais pas plus qu'en première femme conductrice de trains, le nom de Louna Morte n'a fait la une des journaux.

Avant de quitter le centre, Xabi m'a confié le prospectus où sont notées les heures des visites. Il semblait fasciné que j'aie pu voir la grotte quand j'avais dix ans. Puis comme ça, sans prévenir, il m'a tutoyée.

Si tu veux, je te la fais visiter.

Je m'en souviens comme si c'était hier et elle n'a pas dû changer beaucoup.

Au ton de ma voix, Xabi a compris que j'hésitais : j'avais si peur de revoir la grotte sans les deux êtres aimés qui m'y accompagnaient.

Ce n'est pas ce qu'elle va penser de toi...

Je lui ai souri. Sa façon de parler de La Verna comme d'une personne vivante me rappelait maman. Entre nous, une sorte de camaraderie était née.

Un jour sûrement, j'y retournerai à ses côtés.

Sofiane a récupéré Eddy chez les Labat. Maïté nous a dit qu'en notre absence il n'avait pas cessé de pleurer. Pour le consoler, je l'ai pris dans mes bras et la magie a opéré. Il a englouti son biberon, les yeux grands ouverts irrésistiblement attirés par ma suture au front. La tisane d'herbes que Sofiane a ramassées sur le chemin avait goût de gentiane. « Des belles plantes pour une belle plante », a-t-il plaisanté en me tendant un bol fumant qui m'a fait monter le rouge aux joues.

14

On a vécu ainsi quelque temps sans se poser de questions. Serge a aidé Sofiane à trouver les matériaux de construction. À mes frais, ils sont allés chez Xibero récupérer les sacs de ciment et le nécessaire de plomberie. Un matin, le camion de Kiloutou a livré les étais pour soutenir le plancher branlant du grenier à foin. Quand des jeunes techniciens d'EDF sont venus changer le compteur, ils ont ri de sa vétusté. Un des plombs datait de 1979, l'année de notre naissance. Je l'ai gardé dans ma poche comme un talisman à t'offrir un jour, le genre de superstition à laquelle tu serais sensible.

Un matin, j'ai bêché la terre et elle s'est laissé faire. Chaque jour quand Maïté ramenait Eddy après sa sieste, elle me félicitait pour l'avancement des travaux. Son air sévère s'en était allé et elle me proposait souvent son aide. À mesure que ma peau brunissait sous le soleil de juillet, la maison a repris forme. En moins de deux semaines, Sofiane a réparé le muret partiellement écroulé, il a lessivé les murs de l'eskaratz, a posé des étais en attendant la livraison du plancher, a remplacé la plomberie au premier. De mon côté j'ai désherbé la cour, ratissé les mauvaises herbes à l'aide du vieux râteau à douze dents trouvé dans la grange puis arraché les orties. Au coucher, j'étais tellement épuisée que je ne sentais plus mes membres, en particulier mes avant-bras dont la peau était striée de griffures de ronces.

Fenêtres grandes ouvertes sur le ciel qui s'embrasait, nous dînions tous les trois autour de la table massive. Pendant que je préparais le feu, Sofiane cuisinait des plats épicés à base de poulet, de citrons confits en saumure et d'oignons rissolés. Leurs parfums sucrés flottaient jusqu'aux chambres du premier. Eddy nous regardait manger depuis sa chaise haute, une vieillerie exhumée de la grange que j'avais reconnue avec sa rosace à six feuilles de laurier sur le dossier, la même qui apparaissait dans nos albums photo : une seule chaise pour deux enfants qu'on installait à tour de rôle pour dîner. Voir ton Eddy adossé à ce symbole d'immortalité me redonne espoir. Tu vois, à force de penser à toi, je deviens fétichiste.

Quand nous étions petites, nous dormions avec maman dans la chambre que j'occupe. Comme si le temps s'était figé, la vue de la fenêtre n'a pas changé : au loin deux pans calcaires encadrent nos gorges préférées. En ce matin d'août, les roches se teintent de reflets pêche. Le soir, l'indigo le dispute au cyan. Le spectacle est si beau que, pour pouvoir l'admirer depuis mon lit, je ne ferme jamais les volets. Avant de me recoucher, j'observe mon reflet dans le miroir. Entre les travaux, le jardinage, les bons petits plats et les tisanes de Sofiane, mon corps s'est étoffé. En trois semaines, ma plaie au front a presque disparu. Je ne ressemble plus à la fluette diaphane que j'étais quand l'homme cuivré et ton bébé sont venus sonner chez moi. Même si l'inquiétude de ton absence perdure, vivre à côté des êtres qui te sont chers a fait ralentir l'urgence qui m'habitait. Et dans l'ancienne chambre de maman, devant le spectacle des gorges d'Ehujarré encadrées par la petite lucarne, je ressens pour la première fois depuis des années une harmonie.

Enfants, l'été, toi et moi profitions de ce spectacle six minutes par jour : trois minutes au lever et trois minutes au coucher au cours desquelles nous avions ordre de nous brosser les dents devant la fenêtre lucarne. À l'étage, puisqu'alors il n'y avait ni lavabo ni eau courante, nous crachions dans le pot de chambre. Sous les lettres alambiquées « vive la mariée » peintes sur l'émail s'illustrait un bouquet dont tu aimais énumérer le nom des fleurs en te gargarisant. Tu en comptais onze ou treize, je ne m'en souviens plus précisément. Aujourd'hui le pot est cassé en deux morceaux et son anse ébréché. Un jour, je le réparerai à la façon des céramistes japonais.

Au coucher avant de coincer la porte avec un soulier, maman racontait toujours que, le jour où papa l'avait enlevée, nous étions déjà cachées dans son ventre. Elle disait tout bas qu'on était là depuis bien avant leur rencontre puisqu'elle nous avait toujours connues, toi et moi, ses deux petites graines qui ne demandaient qu'à germer quand un mari viendrait à passer. Il avait suffi que, au cours de son service militaire, Yann et sa brigade de gendarmes établissent leur campement au col le temps d'un été pour que neuf mois plus tard nous pointions le bout de nos nez à sept minutes d'intervalle. Maman disait que les bonnes manières exigeaient d'offrir les fleurs en nombre impair mais que papa n'avait jamais été très au fait. « Un bouquet de deux fleurs, ça ne se fait pas quand on est bien élevé », mais toi tu n'aimais pas qu'elle parle comme ça de papa. Tu répondais que tu étais comme lui : depuis toute petite, tu n'aimais que les chiffres pairs. Déjà à l'école primaire, la maîtresse admirait ta faculté d'écumer les doubles à toute vitesse, 2, 4, 8, 16, 32, 64, 128, 256, 512, 1024… on ne t'arrêtait plus. Et si nous étions nées un 22 juin le lendemain du solstice d'été, tu maudissais notre pedigree 1979 au point de préférer mentir sur notre âge en nous rajeunissant d'une année.

Moi, je n'ai jamais su mentir. Que je le veuille ou non, la vérité sort de moi comme l'eau coule de source. Quand je m'aventure en imposture, mes joues s'enflamment. Ma voix chevrote, mon corps tout entier me trahit. Mentir me demande un effort surhumain, tu le sais parfaitement bien.

Tu n'as sûrement pas oublié l'épopée du devoir d'anglais. Dix minutes avant que commence l'épreuve, je vomissais encore mes tripes dans les toilettes du collège. Quand le professeur avait ramassé les copies, les cinq lettres de ton prénom tremblaient sur mon feuillet. Nous nous ressemblions tellement qu'il n'y avait vu que du feu. Durant une heure, j'avais été Louna Morte. Au même instant dans une autre salle, tu remettais en haut d'une pile de copies le devoir de mathématiques de Stella Morte. Échanger nos rôles ne t'avait pas profité : alors que d'ordinaire j'avais toujours les meilleures notes en anglais, mes émois t'avaient fait écoper d'un quatre sur vingt. Quand, chancelante, je t'avais rejointe sous le préau, tu paraissais si tranquille. Grâce à toi, j'avais eu dix-neuf sur vingt en géométrie. Être moi te réussissait alors que, dans ta peau, j'avais perdu mes moyens. Malgré tes facilités, six mois plus tard, tu décidais de quitter le collège pour ne jamais y retourner.

Il n'est question que de ça au déjeuner : savoir comment se déroulera le rendez-vous à la préfecture. Sofiane ne sait peut-être pas lire le français mais il a reconnu la Marianne sur l'en-tête du courrier que Samantha nous a fait suivre. Sur le formulaire, vos deux noms s'inscrivent en toutes lettres. Il s'y attendait. Les démarches concernant son titre de séjour menées il y a bien des mois ne peuvent plus attendre. Ce rendez-vous reporté trop de fois est une chance. Tes retraites fréquentes à l'Institut ne vous ont pas permis de déposer plus tôt sa demande et, maintenant que tu as disparu, le voilà dans l'impasse. Jusqu'ici sans ce récépissé, il a pu s'arranger sur les chantiers mais, début mai, la visite d'un inspecteur du travail a pris toute son équipe de court. Plusieurs heures, Sofiane est resté caché dans le cagibi sous l'escalier. Après cette histoire, l'entrepreneur n'a plus rien voulu savoir. Il n'a même pas voulu régler la semaine travaillée. « À cause de toi on aurait pu tous finir derrière les barreaux », a-t-il déclaré pour se dédouaner mais qui d'autre qu'un sans-papiers aurait accepté de faire le job à ce prix-là ? Sofiane se confie sans aigreur. De sa fourchette, il écarte quelques grains de semoule sur le bord de l'assiette : en marge, comme lui et ses comparses laissés-pour-compte condamnés aux galères.

Ton mari n'est pas bavard. Il cherche ses mots, communiquer en français reste pour lui un exercice périlleux. Parfois, il trébuche sur une syllabe, fait un pas en arrière, surmonte l'accroc et reprend sa phrase là où il l'a laissée. La langue française est un parcours d'obstacles dont il s'acquitte patiemment. Sa pratique m'évoque celle d'un coureur kenyan dans le couloir d'un stade olympique. Quelles que soient les déveines, les battements lents de son cœur défilent et il avance à grandes enjambées vers la ligne d'arrivée. Si Sofiane était une lettre, il serait un I. Un I majuscule, inébranlable, constant, stoïque et imperturbable.

Eddy a de la chance et toi aussi. Avec ce noble à vos côtés, rien ne peut vous arriver. Encore faut-il que Sofiane puisse assurer la survie de votre foyer sans encombre. Encore faut-il qu'il obtienne le titre auquel il peut prétendre puisqu'il remplit les conditions requises. Et toi, tu es une de ces conditions requises.

Comment me vient l'idée ? En fin de journée, elle jaillit le long du gave où nous nous promenons « en famille », Eddy dans sa poussette, Sofiane, fourbu par sa journée à enduire de chaux la façade de la ferme, prenant appui sur le pommeau de corne d'un vieux makhila* au bras d'une digne fille du pays. Comme toujours, ton homme porte un pantalon trop court

* Bâton traditionnel du berger pour l'aider à marcher et à se défendre : la pointe effilée cachée dans le pommeau est une arme redoutable contre les bêtes sauvages.

pour sa silhouette longiligne. Son tee-shirt noir est aussi moucheté de chaux que la Voie lactée d'étoiles. Avant de disparaître dans l'ombre des gorges, deux randonneurs se retournent dans notre direction. Probablement s'étonnent-ils de ce couple disparate : une petite opaline, un grand d'ébène et cet enfant flottant dans l'entre-deux de leurs gènes. Je regarde la peau couleur miel d'Eddy. J'imagine qu'il y a un peu de moi en lui. C'est comme ça qu'en moi les choses s'élaborent sans vraiment y penser.

Demain, nous allons déposer le dossier.

Pourquoi cette urgence ? Pourquoi ce « nous » que je ne prononce jamais à propos de quiconque en dehors de toi, ma sœur ? Pourquoi moi qui n'ai jamais su mentir endosserais-je soudain ton rôle ? Rien ne me l'impose et pourtant à présent je ne désire que ça : offrir à ton homme les papiers dont ton absence le prive. Donner à ton fils un père fondé de pouvoirs. Bien qu'il ait reconnu votre enfant, aux yeux du monde Sofiane n'a aucun droit sur Eddy. Or Sofiane est le meilleur père qui puisse exister. Durant quelques heures, nous remplirons les cases de ce qui est agréé par la justice française : je deviendrai sa femme et la mère de son enfant français.

Ce soir-là, nous dînons d'une salade de pissenlits sauvages, d'un pâté de lièvre de Monsieur Labat et d'une belle portion de leur fromage de brebis maison confectionné bortu-gazna*. La poussette patiente dans la fourgonnette, les valises sont prêtes. Pour respecter

* Fabrication manuelle du fromage.

les horaires des siestes d'Eddy, nous prendrons la route dès l'aube. Avant de monter se coucher, Sofiane place le pare-feu devant l'âtre. D'habitude, je reste longtemps à observer les flammes à travers la grille mais ce soir la solitude me pèse. Puisque demain je serai toi, je vivrai comme toi, j'aimerai comme toi, pourquoi ne pas commencer dès maintenant ?

À l'étage quand Sofiane ouvre sa porte, Eddy est déjà endormi. Je saisis sa main, sa grande main aux gestes lents et au contact rêche qui porte une alliance, la vôtre, quasiment identique à celle que je porte au cou, et je l'entraîne dans ma chambre sur le parquet grinçant. Dans le noir, il s'allonge le long de mon corps. Son immense silhouette se contorsionne dans le lit trop court. Lui et moi, immobiles et chastes, sans un mot ni mouvement, encastrés en cuillère dans le lit de maman, nous comblons d'un peu de chaleur l'ombre dans laquelle ton éclipse de Lune nous a plongés.

15

Le hall de la préfecture de Pau ressemble à un temple. Marbre au sol, colonnes doriques, échos des foulées dans la salle des pas perdus. Au-dessus de nos têtes, une fresque immense représente des hommes en toge beige pointant du doigt une blanche colombe sous un ciel étoilé tel le portrait de cette liberté que Sofiane est venu chercher.

Je tente de garder contenance dans ce cadre pompeux. Moi qui ai toujours évité les démarches administratives, me voilà aujourd'hui en charge d'une famille. Si Sofiane éprouve le besoin d'aller et venir impunément dans le pays où il a fondé un foyer, de mon côté j'ai besoin de savoir ton homme et ton fils libres. La situation actuelle me pousse à endosser le rôle que tu as récusé : celui de mère et de compagne. Je ne l'ai pas choisi, mais si je n'agis pas maintenant, ces obligations vont m'échoir plus tard. Comme toujours, je buterai sur de nouvelles impasses, or il est temps que je trouve ma place.

Sofiane et moi n'avons pas besoin de mots. Nous savons tous deux que, après l'épreuve d'aujourd'hui, nos chemins vont prendre des directions opposées. Dans son costume aux reflets irisés, il attire les regards du chaland. Un avocat en robe noire et rabat immaculé le fixe intensément, tandis qu'une femme de ménage s'attarde en aspirant sous notre rangée de sièges. Sofiane s'efforce de ne pas voir l'effet qu'il produit. Ce temps passé en situation irrégulière lui a appris à se faire tout petit, lui dont la silhouette élancée n'en finit pas. À l'inverse de ses tenues d'ouvrier qui le rendent invisible, ce costume acheté pour votre mariage le rend éblouissant. Même de loin, on ne voit que lui, ce grand échassier niché dans la coque résine d'un siège de préfecture de province.

Ce matin chez toi, je l'ai aidé à choisir les vêtements adéquats. Dans votre penderie, rien ne semblait convenir dans ces piles de jeans tachés et de joggings aux genoux pochés. Quand j'ai ouvert le zip de la housse plastique, ce tissu m'a éblouie. Peu importe que l'ourlet soit partiellement défait ou que la longueur du pantalon laisse à désirer puisque ce costume bleu marine lui donne l'allure d'un conquérant. Pour ne pas dénoter, mon corps frêle flotte dans ta robe préférée. Vert anis, sans dentelles ni frous-frous et si Sofiane ne m'avait pas prévenue, jamais je n'aurais pu imaginer que cette robe de soie au décolleté plongeant t'avait fait office de robe de mariée. Si je m'en tiens à l'étiquette, c'est une Yves Saint Laurent mais je crois surtout que, fidèle à tes fantaisies, tu as cousu ce sigle comme un rêve à ta portée. Les pieds glissés dans tes ballerines de Cendrillon assorties, j'attends que s'ouvre le bal. Loin du noir qui prédomine dans la sobriété de mon habituelle garde-robe, je ne suis plus moi. Sofiane aussi est bien loin de l'homme à qui j'ai ouvert la porte de mon atelier. Ainsi endimanchés sous les ors de la

République, on pourrait nous croire en train d'attendre quelques médailles pour bons et loyaux services rendus à la nation.

En guise de cérémonie, un fonctionnaire pressé nous reçoit dans un box vitré. Derrière ses lunettes loupes, il nous regarde à peine, se contentant de compléter les cases du formulaire prérempli. Il prononce ton nom, *Louna Haile née Morte le 22 juin 1979 à Saint-Jean-d'Angély* auquel je réponds *oui,* puis enchaîne sur celui de ton mari *Sofiane Haile né le 7 avril 1985 à Asmara en Érythrée.* Je l'aide à remplir la déclaration de non-polygamie dédiée aux ressortissants des États qui l'autorisent puisque l'Érythrée a rendu récemment ce régime matrimonial obligatoire, ce qui semble amuser l'officiel. Sa façon désinvolte de parler de cet ailleurs dont il ne connaît rien me heurte. Que sait-il de Sofiane ? De sa valeur ? De son honnêteté ? Pourquoi se permet-il de juger ? Et comme si tu t'exprimais à travers moi, soudain je l'invective d'une façon qui ne me ressemble pas. J'argumente avec un peu trop de zèle et soudain il me prend l'envie de brandir sous son nez des documents officiels que personne ne m'a réclamés.

Vous pouvez vérifier, on a tous les papiers... Contrat de mariage, reconnaissance anticipée, certificat de naissance.

Devant mes gestes brutaux, le fonctionnaire a un mouvement de recul. Ma voix trop aiguë à son goût l'inquiète. Dans mon empressement, les précieux feuillets récoltés à grand-peine se froissent. Lentement, Sofiane pose sa main sur mon bras. Dans son langage à lui, il me dit calme-toi, tout va bien, on est sur le bon chemin. C'est comme ça qu'il devait te parler quand tu plongeais dans tes gouffres ou quand tu t'envolais vers tes sommets.

Maintenant tout est en règle.

Sofiane tient en main le récépissé officiel qui fait de lui un étranger dans l'attente du consentement de l'État français. Avec autant d'éléments apportés au dossier, sa demande de titre de séjour « vie privée et familiale » a toutes les chances d'aboutir. Des six mois obligatoires de notre présupposée vie commune, le fonctionnaire n'a rien voulu savoir d'autre que la date de notre mariage, celle de notre emménagement sous le même toit et le montant des frais de vie dont monsieur s'acquitte. Les preuves de votre amour résident là, dans cette enveloppe pleine de tickets de supermarché que Sofiane a étalés sur le bureau encombré. De l'amour sous forme de factures de couches-culottes, de lingettes imprégnées, de biberons sans bisphénol A et de bodies en coton bio. Puisque ton mari est entré sur le territoire sans visa, il doit s'acquitter en supplément d'un timbre fiscal de deux cents euros remboursables qu'en partie si le titre lui est refusé. Sofiane pioche la somme dans l'enveloppe kraft que je lui ai remise en échange de ses travaux à la ferme. De la monnaie sonnante et trébuchante, voilà comment ici on jauge la motivation des exilés qui viennent demander refuge en République française.

Nous fêtons cette première victoire chez Samantha. Son pavillon est à l'image de sa boutique : fleuri. Rideau, canapé, nappe, pas un centimètre carré sans un motif de pétale ou de bourgeon. Des dahlias carmin, des tournesols flamboyants, des bouquets de roses chamarrés. Leur congé a profité au couple. La tumeur de son mari a reculé et, au vu des derniers examens, les médecins se montrent plus confiants. Dans le jardin, l'ambiance est festive. En appui sur un transat, Eddy se dresse sur ses deux jambes tel Jack in the Box dans sa boîte à musique. Sa gymnastique amuse tant les grands qu'il redouble d'efforts en poussant des cris qui nous émerveillent. Derrière son barbecue, Sofiane a cessé de rire. Il fronce les sourcils quand Samantha me sert un second verre de vin, puis un troisième. Au quatrième, l'imprudente me laisse la bouteille à portée de main. À l'ouest, du côté des serres, le soleil disparaît derrière la chaîne des Pyrénées.

Alors vous allez retourner là-bas toute seule ?

Ma démarche intrigue le mari de Samantha.

Une femme de la ville qui ne sait même pas planter un chou, vivant dans une ferme isolée…

Arrête un peu avec tes questions. Moi, si j'étais comme Stella, pas obligée de travailler ni rien, je m'embêterais pas à prévoir…

La soirée s'étire. Comme toujours l'alcool me rend joyeuse et fantasque. Je raconte ma vie d'artiste comme si c'était un poème. J'aime sentir l'admiration dans leurs yeux, quand bien même rien de ce que je dépeins n'est vrai en ce moment. La sérénité du créateur, l'inspiration divine qui guide ma main, mes transports de joie en ouvrant le four, j'ai connu tout cela en effet mais il y a très longtemps, bien avant l'atelier des Chartrons où, ces derniers temps, je n'ai plus su créer mais seulement produire. Sofiane n'est pas dupe. Plutôt que de perdre son temps à écouter mes inepties, il disparaît dans la nuit sous prétexte de réparer un carreau cassé de la serre. Dans son relax, Eddy dort à poings fermés. Vers minuit, son père me salue froidement et s'en retourne chez lui, son trésor sous le bras. Malgré mon allégresse, la sévérité de son regard me pousse à baisser les yeux. La Louna qu'il a cru retrouver cet après-midi est de nouveau portée disparue, et celle qui la remplace bien trop imbibée pour dire des choses sensées.

Samantha m'installe dans la chambre d'amis. Elle aussi a trop bu, je le perçois à sa diction et son chignon plus fouillis. Sur le rebord du lit, elle m'avoue ce qu'elle n'a osé dire à personne. Au début de l'été, tu l'as contactée et elle t'a envoyé de l'argent. Une coquette somme même… Deux mille euros à valoir sur tes prochains mois.

Je sais, c'était idiot, j'aurais dû vous en parler avant… Mais Louna et moi, c'est toute une histoire. Avec tout ce qu'elle a fait quand mon mari était hospitalisé, je lui devais bien ça…

Samantha qui a la larme facile s'épanche sur mon épaule. Ça ne m'étonne pas que tu lui aies tant plu. Ta main verte n'y est sûrement pas pour rien. Tout ce que tu touches reprend vie, de la triste orchidée au dracaena desséché. Toi seule sais que, derrière des feuilles cassantes, une tige ou des bourgeons noircis, subsiste un souffle de vie. À chaque plante sa dose de lumière, ni trop peu ni pas assez. Intuitivement, tu détermines tel taux d'humidité adéquat, tel emplacement vis-à-vis de la fenêtre, telle quantité d'engrais pour pallier les carences et favoriser le bon rétablissement des mourants. Certaines plantes périssent d'avoir trop bu, leur feuillage virant au brun puis au jaune. Pour les sauver, tu les rempotes dans une terre plus sèche. Il est connu depuis l'Antiquité qu'il faut de la mesure en toute chose et dans ce domaine précis, tu excelles. Tu sais déterminer le biotope de chacune. Samantha me confie que lorsque les séances de chimiothérapie de son mari l'obligeaient à te confier la boutique des jours durant, tu t'es parfois lancée dans des opérations de dernière chance. Tu as coupé les rogatons flétris des tiges agonisantes, tu les as plongées dans l'eau jusqu'à ce que leurs racines repoussent et au moment opportun, tu as replanté les boutures dans des pots de terre. Sous la chaleur de la serre, tu as ainsi sauvé un nombre incalculable de plants. À présent que tu ne donnes plus de nouvelles, Samantha regrette de t'avoir envoyé cet argent. Elle a agi spontanément comme elle l'aurait fait pour sa propre fille si elle en avait une, sans penser que tu tarderais à revenir. Pourtant tu lui avais bien promis que, après « cette folie », tu rentrerais immédiatement à Pau.

Ce mot qui s'immisce dans ce cours de botanique rassurant me donne des frissons. Folie. J'ai peur de ce qui se cache derrière cette dépense. En quoi deux mille euros peuvent bien consoler ton âme en peine ?

C'est un chien. Un très gros chien dont je ne me souviens plus du nom. Ah si… Attendez… Quelque chose à voir avec le lion… Oui, ça me revient maintenant ! Un Leonberg, c'est ça qu'elle est allée chercher pas très loin d'ici, vers la mer Méditerranée. Un chien Leonberg au pied des Pyrénées.

16

La vidéo te montre de dos sur une plage. Elle est datée du 14 juillet 2015. Tu portes un tee-shirt marine à manches courtes et un pantalon que toi et moi aurions appelé un « Johnny Clegg ». Fond bleu, motif fleuri, ample et confortable, semblable à ceux que Simon portait le dimanche à Tout-Y-Faut.

Celle ou celui qui filme zoome et dézoome brutalement comme pour tenter de suivre tes gestes rapides. Envoyer la balle, la rattraper, la lancer de nouveau. Est-ce le fichier compressé qui donne à cette séquence des airs de cinéma muet, ou est-ce le choix du morceau qui l'accompagne à l'exception de tout autre son ? « I Giorni » de Ludovico Einaudi, comme précisé sur le site.

Le chien frétille devant toi. Il a vraiment l'air d'un lion avec ses longs poils et son énorme museau. Toi, tu ne tiens pas en place. Malgré ton surpoids, tu gambades sur les galets telle une biche qui aurait mal aux pattes. Le chien suit tes mouvements. Il a beau avoir de la prestance, c'est toi qui pilotes chacun de ses mouvements. D'abord tu cours et il te suit. Puis il s'ébroue avant de s'immobiliser dans l'attente. Les éclaboussures ne t'effraient pas, tu ne recules pas. La langue pendante, il patiente. Compagnon fidèle, il n'a d'yeux que pour toi. Tournant le dos à la caméra, tu fais passer quelque chose entre tes mains – une pierre, un os en plastique, un bâton ? – puis tu agites tes bras en l'air, un coup à droite un coup à gauche et soudain tu lances l'objet. Le chien s'immerge dans une gerbe d'eau. On dirait un de ces films animaliers où un lion a repéré sa proie à quelques mètres d'une mare africaine sauf que, là, il n'est pas du tout question d'Afrique. D'après le site, tu te trouves quelque part dans le golfe du Lion, le bien nommé, avec ce chien que tu as adopté. Est noté en légende « Louna plays with Mitchell, 7 months old ».

Mitchell, comme Eddy.

Ta vie n'est donc qu'un éternel recommencement ?

Alors c'est ça que tu es partie faire dès que Samantha t'a viré cette somme ? Adopter un chien aussi gros que ton ours en peluche ? C'est pour ça qu'auparavant tu étais allée raconter n'importe quoi à papa dans le seul but de lui soutirer cet argent ? Moi qui craignais que tu ne te jettes sous un train ! Il y a un mois sur cette plage, le 14 juillet exactement, tu faisais « la fofolle », comme aurait dit maman, avec ce balaise de quatre-vingts kilos et soixante-dix centimètres au garrot.

Sur la séquence que l'éleveur a publiée sur son site, on ne voit jamais ton visage. Pourtant cela ne fait aucun doute : c'est toi. Personne d'autre que toi ne bouge comme ça, un rien pantin avec cette façon de gesticuler un peu maladroite, gestes désordonnés dont on ne sait jamais lequel surviendra après. La caméra s'attarde sur ce lion de chien qui s'immerge toujours plus loin entre les rochers puis panote brutalement vers la gauche du cadre et te voilà de nouveau dans le champ. Maintenant c'est toi que la caméra suit. Toi dans l'eau qui avances sur des galets avec ta démarche fakir. Ton pantalon est trempé, tu en as jusqu'à la taille mais tu t'en contrefous. Tu lèves les bras hors d'une eau qui semble glacée à voir ton ventre serré. Quand tu émerges à reculons, le tissu se plaque sur tes fesses rebondies. J'espère voir enfin ton visage mais tu ne te retournes pas. J'attends, le corps tendu vers l'écran. Le chien glapit sans qu'on entende un son, seulement ce piano un brin nostalgique qui donne l'impression qu'il s'agit d'un lointain souvenir.

Donc il y a de cela trente jours, tu es passée chez cet éleveur de chiens spécialiste de la race Leonberg à deux pas de la frontière espagnole. Mais moi c'est décidé, je n'irai pas t'y chercher. Qu'est-ce que tu voudrais que j'aille faire là ? A priori tu n'as pas besoin de moi. Comment pourrais-je garder mon calme devant ta futilité ? Durant tout le temps de ta disparition, j'ai éprouvé pour toi de la peur. De la peur et de la tristesse, et du manque aussi. Et toi, qu'est-ce que tu faisais ? Tu t'amusais à lancer des bâtons à ton lion de chien. Toi et Mitchell, vous vous fendiez la poire comme l'ont fait depuis l'éternité les hommes avec leurs bêtes, et en particulier leurs chiens. Pendant que je me prenais en pleine gueule la violence de tes accusations d'inceste, tu regardais ton lion avec amour. Je suis sûre que tu le trouvais tellement beau que tu n'arrivais pas à détourner tes yeux de lui. Tu le prenais dans tes bras et tu le baisais entre ses sourcils fournis. De son air innocent, il te léchait, il frétillait de la queue, il te faisait la fête. Rien de moins ingrat qu'un chien, n'est-ce pas ? Mais pensais-tu seulement à nous ? À papa que tu avais humilié devant ses voisins, à Caro qui s'inquiète depuis ton départ, à Sofiane qui s'échine à devenir un père tout autant qu'une mère pour ton petit Eddy abandonné dont les yeux brillants te cherchent à travers moi ? T'es-tu seulement imaginé que je pouvais m'inquiéter pour toi ? Ou tu t'es raconté que tout ce petit monde se foutait de ton sort au point de vivre sa vie sans bouger d'un iota parce que ça t'arrangeait bien ? Alors que moi, pendant que tu faisais des papouilles à ton molosse au bord de la Grande Bleue, je te pensais morte sans oser l'avouer à personne, pas même à moi-même.

Le docteur Deny se trompe.

Ta maladie a bon dos.

Quand il s'agit de prendre du bon temps, tu n'es jamais la dernière.

Le lendemain, Sofiane n'a pas prononcé un mot devant ton grand n'importe quoi. Chez vous à l'Ousse-des-Bois il n'a visionné la séquence qu'une seule fois avant d'aller nous faire un café. Eddy dormait encore, par chance mon coup de sonnette ne l'avait pas réveillé. J'étais venue dès l'aube pour raconter ce que je savais. À Sofiane de décider. Il est revenu de la cuisine avec deux tasses fumantes et a scruté l'écran. Puis sans urgence, il a composé le numéro inscrit dans un bandeau. Au téléphone, l'éleveur a dit que tu étais toujours chez lui et que l'opération s'était bien passée. Bien sûr, il faudra régler les frais de la clinique vétérinaire. Ils acceptent les chèques mais pour l'emplacement de la tente et le couvert, l'éleveur préfère du liquide. À présent que Mitchell est rétabli, l'idéal serait de venir vous chercher tous les deux sans tarder.

Vous.

Mitchell et toi.

Tu as vraiment de la chance.

Quoi qu'il se passe, tu t'en sors toujours haut la main. Un été entier sans donner signe de vie et tu réapparais la bouche en cœur avec un chien gros comme ton ours en peluche et nous, gentiment, on doit s'empresser de venir te chercher, on doit régler tes dettes, on doit te ramener au bercail, on doit te choyer comme le boulanger de Pagnol et sa Pomponette. Et ta petite routine peut reprendre son cours jusqu'à la prochaine fois où tu trébucheras. Rassure-toi, personne ne prononcera un mot de trop devant toi. Surtout aucun reproche de peur que tu ne disparaisses de nouveau.

J'ai laissé tout ton monde en plan.

Une dernière fois, j'ai embrassé Eddy dans sa turbulette à tête d'ange. J'étais heureuse pour lui, j'ai chuchoté : « Tu vas retrouver ta vraie maman », mais au fond de moi j'étais en miettes. J'avais l'impression d'avoir été brisée. Qu'on m'avait frappée avec un outil comme ma sphère jusqu'à ce qu'il ne reste plus de moi que des morceaux épars. Dans la chambre aux frises bleutées, j'ai tenté de me rassembler pour quitter ton bébé d'une seule pièce. Mon ventre n'était plus qu'une boule de feu, il me semblait que je brûlais de l'intérieur. Adieu, l'enfant de ma sœur que je ne reverrai sûrement jamais. Adieu mon neveu mal loti. Puisse ton père t'aimer sans faillir puisque ta mère est en papier mâché.

Une fois de plus, la mélodie du train m'a bercée. Chacune des trente-cinq minutes qui séparent Pau d'Oloron-Sainte-Marie a estompé ma colère. Alors que ces derniers temps je n'avais pensé qu'à te retrouver, à présent je voulais mettre le plus de distance possible entre toi et moi. Et puis j'ai repensé à Sofiane, le gardien du temple. Comme nous nous l'étions promis avant de nous quitter, il ne te parlera pas de notre quête conjointe. Tu ne sauras rien des tourments qui m'ont habitée lors de ta disparition. Je n'ai aucune envie que tu te fasses de fausses idées sur mon compte. Mieux valait en rester là et t'oublier « à tout jamais », comme aurait dit maman du temps de nos treize ans.

Monsieur Labat m'attendait sur le quai.

Vous avez bien fait de m'appeler, j'étais en chemin.

Ensemble, nous sommes allés régler le bois de chauffage à la coopérative. J'en ai pris quinze stères pour passer l'hiver. Dans la kyrielle de lacets jusqu'à Sainte-Engrâce, Serge a évoqué l'importance du rôle de la maison-foyer dans la coutume basque. Il s'est dit heureux que « l'aînée de la famille » ait retrouvé le chemin de la ferme car ici comme ailleurs, les coutumes ont tendance à se perdre.

Le soir devant la cheminée, je suis tombée sur ce passage qui faisait écho à ses propos dans un livre de la bibliothèque, au premier : « La famille est la société de ceux qui ont le même sang et sont unis à la même maison. Elle est constituée par les parents, les enfants et les ancêtres. Ils ont la même maison pour refuge, lieu de travail et de réunion, chapelle et tombe. Cette maison, ainsi que les terres et les biens qui lui sont attachés, maintiennent fortement unis, jusqu'à nos jours, à la maison, ceux de la maison*. »

Aux temps anciens, la ferme basque était bien plus qu'un foyer. Elle était un membre même de la famille dont les hommes et les femmes héritaient du nom. L'aîné y installait les siens et y exerçait son métier d'agriculteur ou d'éleveur. Moi l'aînée, je n'ai qu'une valise remplie de débris à installer dans la ferme de mes ancêtres. Une valise et des regrets.

C'est ainsi que je suis devenue « celle de la maison ».

Septembre surgit quand je m'y attends le moins.

Le vendredi, Serge toque au carreau de ma cuisine et nous partons ensemble à Oloron-Sainte-Marie faire notre marché. Lui les mains dans son dos, moi les miennes dans mes poches, nous parcourons les étals sous le plafond jaune colza de la halle de l'hôtel de ville. Il m'apprend à reconnaître les potirons basques des Béarnais, « pas à la hauteur » d'après ses dires. Entre les maraîchers, les blagues fusent et le bon Serge n'est jamais en reste. Les joutes verbales auxquelles j'assiste n'ont pourtant rien de bien méchant dans la bouche de celui qui, un matin sur la passerelle du parking Barraban, me murmure : « Comment faire rentrer cinquante basques dans une 2CV ? Leur dire que les Béarnais ont réussi. »

Et sur le chemin du retour, nous franchissons de nouveau la frontière entre ces deux provinces qui nous séparent désormais, toi et moi.

---

* Extrait de *Etxea ou la maison basque*, de José Miguel de Barandiarán, prêtre anthropologue du début du XXe siècle.

Jour et nuit, le feu grésille dans la grande cheminée de cette ferme que maintenant je nomme « ma maison ». Chaque soir je regarde les flammes s'élancer vers le conduit dans une nuée d'étincelles. J'imagine ici les nôtres affairés dans leur vie rurale d'autrefois. Quand les cloches de l'église sonnent les vêpres, je dîne d'une soupe de légumes et d'un morceau de pain. Jamais d'alcool. Le dimanche, les Labat m'invitent à déjeuner sur leur toile cirée. Serge découpe le gigot en parlant fort comme il sait si bien le faire tandis que Maïté l'écoute religieusement. Image à l'appui, il évoque l'époque où Sauveur arpentait ses prés avec sur le dos une meule de foin aussi grosse que la plus grosse de mes sphères. Un photographe allemand a immortalisé la scène dans un livre d'art*. Sur la couverture, on ne distingue de Sauveur que deux jambes fluettes sous une gigantesque montgolfière. En arrière-plan, nos gorges préférées. Serge aime parler de ces temps où les aides de Bruxelles n'avaient pas encore inondé leurs terres agricoles, provoquant l'abandon des charrues rouillées dans les granges et les mulets désœuvrés aux champs. Ces temps où les hommes et les bêtes vivaient encore au rythme des saisons, quand, au printemps, les champs se recouvraient du bleu violet des fleurs de lin dont on fabriquait des mantes, ces grandes couvertures tissées protégeant le dos des vaches des insectes et de la chaleur. Dans les campagnes, il suffisait d'identifier la largeur des raies pour déterminer l'identité des troupeaux et la richesse

* *Sainte-Engrâce, la vie d'un village basque*, de Pierre Accoce et Hans Silvester, Éditions La Martinière.

de leurs propriétaires. Plus la famille était aisée, plus la largeur des raies était importante et donc coûteuse à teindre. Pour colorer du bleu traditionnel les sept rayures des sept provinces basques, on faisait usage d'une plante bisannuelle nommée pastel. Sur ce sujet, Serge aime préciser que l'*Isatis tinctoria*, qu'on appelle aussi pastel des teinturiers, est à ne pas confondre avec le pastel des crayons de couleur.

L'air des plus sérieux, Maïté dessert pendant que, moi, j'écoute. J'écoute ou plutôt je bois ses mots, à défaut d'autre chose. Au premier dîner, j'ai déclaré ne boire que de l'eau. Ces deux dernières semaines au cours desquelles je n'ai pas touché un verre m'ont semblé aussi longues qu'une traversée du désert en été. Tout plutôt que de penser à cette brûlure dans ma gorge et aux réveils coupables.

Tu connais les mâts de cocagne ? me demande Serge en versant dans son verre un vin rouge épais comme du sang de taureau.

Ces troncs agrémentés de décoration que l'on trouve un peu partout ? Leur nom vient de là : des feuilles de pastel lavées, séchées et broyées en boules appelées « cocagnes » qu'on plaçait tout en haut des mâts hors de portée des voleurs.

C'est précisément de cette plante aux pouvoirs anti-inflammatoires et cicatrisants que vient l'expression « avoir une peur bleue », tirée du temps où les visages peinturlurés des Barbares affolaient les garnisons romaines. Serge se ressert un autre verre. Je sais que sous peu s'ensuivront des anecdotes grivoises. C'est ainsi qu'un dimanche à midi, j'apprends que la meilleure façon d'obtenir l'agranat, cette pâte qui sert aux teinturiers, consiste à uriner sur les cocagnes desséchées. Depuis que j'ai repris mes fonctions d'aînée, Serge me parle d'homme à homme. Parfois, il me presse de raconter quelques secrets. Si parler de ma propre histoire me paraît insurmontable, faire étal de mes anciennes passions me semble à ma portée. C'est l'avantage de l'artiste, de pouvoir se cacher derrière ses créations. Alors en surface, je m'explique sans révéler ce qui se terre au plus profond.

La céramique, c'est un peu comme un volcan. On broie des pierres, on les met en fusion, elles fondent et forment une matière. À chacun de choisir sa technique : soit modeler sur un tour, soit presser dans une forme, soit monter en colombins. Moi, je ne fais ni l'un ni l'autre. Je préfère utiliser mes mains pour façonner quelque chose à l'instinct. Ensuite je laisse sécher, je ponce, je lisse, je gratte selon inspiration. Quand ma pièce est prête, je la cuis une première fois. Ensuite j'applique sur la surface des émaux et oxydes de ma confection qui réagiront ensemble à la seconde cuisson. Quand j'ouvre le four, je ne sais jamais vraiment ce qui en sortira. Chaque pièce est unique, à la fois semblable et en tout point différente des autres.

Habituellement mutique, Maïté prononce une phrase qui me laisse sans mot.

C'est un peu comme avec l'accouchement, alors ?

17

Un vent violent s'est mis à souffler dès l'ouverture de la lourde porte rouillée. J'ai reconnu cette mélopée que ma mémoire n'avait pas totalement effacée, celle qui avait bercé mes étés d'enfance. Car emprunter le tunnel pour visiter La Verna était un privilège dont certains passionnés de Sainte-Engrâce pouvaient profiter, et ce bien avant l'ouverture de la grotte au public. Dans sa hâte de contempler son palais au frais, maman choisissait toujours un après-midi chaud du mois d'août. Dès le début des vacances, elle planifiait notre aventure souterraine avec un ami d'enfance ingénieur de la SHEM* détenteur des clés du tunnel. Dès lors, la date entourée au marqueur rouge sur le calendrier des PTT punaisé au-dessus de la cuisinière rythmait notre séjour. Aux yeux de maman, tout le reste n'était qu'accessoire. De la randonnée dans les bois de Suscousse aux bains dans le décor amazonien des gorges de Kakuetta, aucune des autres merveilles du pays ne pouvait rivaliser avec la poésie brute de la grotte de La Verna.

Quelques décennies plus tard, j'ai de nouveau franchi le seuil de cette percée dans la montagne par

* La Société hydroélectrique du Midi.

le « tunnel sans fin », comme nous l'appelions alors. Après le calme du ravin d'Arphidia et ses fougères exubérantes, dans la galerie un souffle endogène tonitruait aussi puissamment qu'une cascade. La force de ce courant d'air incitait au mouvement, impossible de rester immobile, et je me suis engouffrée quelques mètres à contre-courant, le buste courbé pour lutter contre ce vent. D'où venait-il ? Pourquoi ce flux émanait-il depuis la grotte vers l'extérieur et non l'inverse ? Malgré le vacarme, j'ai entendu au loin la voix de Xabi.

Le vent est dû à la différence de température entre les entrées naturelles et cet unique accès. À l'intérieur de la grotte, il fait toujours six degrés, été comme hiver, d'où la forte dépressurisation les jours de canicule comme aujourd'hui.

Sans attendre la suite, j'ai continué d'avancer. Le long des parois de rocailles acérées qu'une flopée de tunneliers s'étaient acharnés à buriner durant cinq ans s'alignaient des rangées de néons sous cage. Leur lumière artificielle dessinait des faisceaux concentriques dans l'axe du tunnel. Autour de ces points lumineux, le règne végétal s'évertuait à verdir les couches de ciment mais, dès qu'on s'enfonçait plus encore, la photosynthèse s'avouait vaincue. À intervalles réguliers la galerie s'élargissait, un artifice datant du gros œuvre pour permettre la croisée des wagons d'excavation. Aux murs, des chiffres indiquaient les centaines de mètres qui nous séparaient de l'entrée. J'en étais à trois cents quand Xabi m'a rejointe en courant.

Pourquoi es-tu si pressée ?

Derrière nous lambinait le reste du groupe que j'avais totalement oublié. Cette incursion me renvoyait des années en arrière lors de nos expéditions clandestines. À l'époque, comme l'indiquait le panneau à l'entrée, pénétrer dans ce tunnel était défendu à toute personne extérieure à la SHEM et nous, illicites chanceuses, nous savourions un fruit d'autant plus divin qu'il était interdit : Stella, Louna et Sylvaine Morte franchissant le Styx. Dès 2010, ce passe-droit était devenu accessible à toute personne ayant pris soin de réserver sa place à l'espace d'accueil Arrakotchepia. Si j'avais foncé tête baissée comme si la grotte m'attendait, c'était dans l'espoir de revivre seule mes impressions passées. Bouche bée, cœur battant, peur au ventre, accoutumance à l'obscurité, iris dilaté, excitation au summum. Changement d'échelle de l'espace et du temps faisant de l'homme une créature aussi dérisoire qu'un grain de sable. Extinction de la photosynthèse. Consécration du monochrome. Victoire du minéral sur le végétal.

La grotte contenait l'essentiel de tout ce qui me faisait vibrer.

La pierre.

La roche.

Le sable.

L'argile.

L'eau.

À mi-chemin j'ai ralenti dans le coude du tunnel pour attendre le groupe.

Dans ma tête les courants d'air bourdonnaient comme autant d'essaims. Leurs remous glacés gommaient les traits de ces visages inconnus emmitouflés sous leur casque et leur veste polaire. Dans sa combinaison écarlate, Xabi a élevé la voix pour attirer les retardataires. Une femme s'est plainte de ne rien entendre dans ses écouteurs tandis qu'un homme inquiet a actionné sa frontale. Tout le monde s'est regroupé dans un creux à l'abri du vent et Xabi a repris :

Les travaux du tunnel ont commencé en 1955. Selon les relevés topographiques, la grotte de La Verna aurait dû déboucher ici, seulement voilà, les ingénieurs n'avaient pas pris en compte la déclinaison magnétique. Résultat : il a fallu dévier le tracé jusqu'à découvrir la grotte deux cents mètres plus au sud en 1960. Cette méprise a permis de découvrir la grotte d'Arphidia. Sans cette erreur humaine, on peut imaginer que ce réseau de vingt-cinq kilomètres de galeries qui ne possède aucune entrée naturelle serait encore ignoré.

Quelqu'un a une question ?

Oui, moi… Pourquoi tout ça ?

Les mots étaient sortis de ma bouche sans qu'aucune pensée les précède. Devant l'assemblée, Xabi m'a vouvoyée comme s'il me parlait pour la première fois.

Que voulez-vous dire par là, mademoiselle ? Pourquoi la déclinaison magnétique ou pourquoi Arphidia n'a aucune entrée naturelle ?

Leurs frontales m'inondaient de lumière. J'ai eu l'impression d'être une de ces espèces rares qu'on éclaire d'un coup de lampe torche. Pour leur prouver que j'étais des leurs, j'ai développé.

Je veux dire… Pourquoi toujours chercher à découvrir ce qui est caché ?

Par chance, un enfant turbulent a donné un coup de pied dans le tibia de son frère aîné qui s'est mis à pleurer et le groupe s'est remis en marche pour faire diversion.

Tout au bout du tunnel, c'était la nuit noire.

Je me suis aventurée la première sur la passerelle métallique. Derrière moi, les autres étaient restés en retrait dans l'attente de Xabi. Je repensais à cette envie de courir qui nous prenait quand nous débouchions sur l'ancien terre-plein. Je repensais à la peur et à l'excitation que me procurait l'ampleur de cet espace indicible. Aux confins des escaliers naturels qui menaient au fond de la salle, je distinguais de chaque côté des sculptures de pierres semblables à celles que nous aimions composer ensemble, ces cairns pour retrouver notre chemin. Les jours où des pluies torrentielles faisaient gonfler la rivière en amont, l'humidité ambiante formait un voile laiteux. Les faisceaux de nos lampes n'accrochaient que l'ovale des gouttes en suspens. Maman n'arrêtait pas de dire : « Regardez, les filles ! », mais pas plus hier qu'aujourd'hui, nous n'arrivions à nous figurer les dimensions réelles de la salle. À défaut de voir quoi que ce soit de l'espace qui nous entourait, nous brandissions nos torches comme des épées pour protéger notre trio des dangers. Mais quels dangers pouvaient bien se terrer sous cette voûte immuable ?

Vous venez de pénétrer dans une salle de 245 mètres sur 242 mètres et 194 mètres de hauteur, soit un volume de 3,6 millions de mètres cubes. Pour vous donner une notion d'échelle, la salle considérée à ce jour comme l'une des plus grandes d'Europe peut contenir jusqu'à *six cathédrales Notre-Dame de Paris… Mais bon, pour l'instant vous ne voyez que du noir… C'est cette même sensation qu'ont ressentie les premiers explorateurs, le 13 août 1953, lors de ce qu'on appelle « une première » : la découverte d'un lieu qui va devenir majeur dans l'histoire de la spéléologie mondiale. Après avoir pénétré dans le réseau par le vertigineux gouffre Lépineux situé au col de La Pierre Saint-Martin suivi de trois jours de marche à travers salles et galeries, les cinq découvreurs de la salle de La Verna ont cru qu'ils étaient ressortis… Or il était six heures et demi de l'après-midi, c'était l'été et il ne pouvait pas faire nuit donc cette immensité ne pouvait être que souterraine… C'est Haroun Tazieff* qui en parle le mieux : « Cette nuit, c'est toujours la nuit souterraine, c'est la nuit d'une nouvelle et colossale caverne. »*

Malgré l'obscurité, les visiteurs s'avançaient en masse sur la passerelle comme mus par un seul mouvement. Leurs mots formaient une cacophonie qui se perdait dans la ouate vaporeuse en suspension. En contrebas, la rivière continuait de planifier bruyamment son évasion prochaine, tandis que moi, immobile, je me sentais bien au cœur de cet antre familier. Remontait à la surface le souvenir de nos corps imbriqués sur le terre-plein, toi, moi et maman, frêles petites choses perdues dans l'obscurité de notre crypte bénie. Car elle était nôtre, cette caverne dans laquelle, une fois l'an, nous trouvions abri. Tandis que je m'imprégnais de ses fragrances minérales, maman et toi vous vous imbibiez de sa constance puisque ici, mis à part

* *Le Gouffre de la Pierre Saint-Martin*, Éditions Arthaud, 1953.

le taux d'humidité ou le niveau des eaux, ce monde ancestral s'était figé il y a des centaines de milliers d'années.

Xabi s'est lancé dans des explications complexes. Il semblait tellement habité que son auditoire s'est accroché. J'ai écouté distraitement ses récits de collisions de supercontinents datant de trois cents millions d'années, de chaîne hercynienne avec ses couches de sédiments accumulées qui se mettent à plisser, d'érosion, de pénéplaine qu'envahit la mer, de dépôts calcaires… J'ai eu l'impression de perdre pied vers le cap des quarante millions d'années jusqu'à ce que surgisse enfin la chaîne des Pyrénées. Quand Xabi a évoqué le mystérieux « *flysch* » dont la disparition avait provoqué la naissance des premières rivières souterraines en mettant les couches de calcaire à nu, je me suis soudain sentie quantité dérisoire.

Ça va, tout le monde suit ? Tiens, toi, bonhomme, pourrais-tu tout me résumer ?

Transi de peur, l'enfant est allé se réfugier derrière son frère, le même qu'il rouait de coups dans le tunnel. J'ai pensé qu'on avait toujours fait ça, toi et moi, se chercher des noises pour être sûres et certaines qu'on existait bien l'une pour l'autre. On se chamaillait à en pleurer nos « larmes de crocodile » avant de se réfugier dans les bras l'une de l'autre au moindre danger.

Excuse-moi, bonhomme, c'était juste pour plaisanter… N'empêche que si ton papa n'arrive pas à tout nous réexpliquer en détail, on le prive d'apéro ce soir !

Tout le monde a ri, y compris le père et l'enfant soulagés de ne pas être interrogés. Il y avait dans les blagues faciles de Xabi la promesse rassurante d'une issue. Car nul ne savait mieux qu'un guide l'anxiété tangible qu'engendrent les lieux souterrains chez la plupart des gens. Quant à toi, moi et maman, venir dans cette salle nous régénérait. La grotte était pour nous un refuge. Nous humions ses senteurs aqueuses, nous ramassions ses galets de silice, de schiste et de calcaire, nous dévalions ses éboulis, nous déambulions en équilibre sur des blocs de roche de trois fois la taille des meules de foin que portait Sauveur sur son dos. Dans cette salle où des élèves polytechniciens avaient récemment fait voler une montgolfière, nous avions l'impression de former un tout.

Plus loin, Xabi a soulevé une roche calcaire pour dévoiler au public l'autre trésor de la grotte : deux insectes cavernicoles qui se carapataient pour échapper à la lumière.

Endémique, tu sais ce que ça veut dire, bonhomme ? Ça veut dire qu'on ne trouve cette espèce qu'ici. Tu peux aller aux quatre coins de l'univers, jamais tu ne reverras ces « Aphaenops de Cabidoche ». À force de passer leur vie dans le noir, ils ont fini par se décolorer. Ils sont presque transparents, tu ne trouves pas ?

J'ai senti sur moi l'intensité du regard de Xabi. Je ne sais pourquoi mais je lui ai souri et, dans la foulée, il m'a souri aussi. Il n'y avait pourtant rien d'amusant à voir ces créatures crapahuter sur les galets à la recherche d'un peu d'intimité ou d'un peu de nourriture ou d'un peu de tendresse, qui sait ? Tout en continuant de parler, il ne me quittait pas des yeux à tel point qu'on aurait pu croire qu'il ne s'adressait qu'à moi. J'ai ainsi appris que ces invertébrés étaient hydrophiles. Pour survivre, ils n'avaient besoin de rien d'autre qu'une atmosphère saturée en humidité. De toute leur brève vie, les femelles ne pondaient qu'un seul œuf : une larve qui, sans aucun apport d'alimentation, se transformait en nymphe avant de donner naissance à ce qu'on appelle « un adulte parfait », soit un être vivant totalement achevé.

Nous aussi, nous formions une espèce endémique déracinée. En Charentes, nos peaux blanches et nos yeux félins n'avaient rien en commun avec le milieu dans lequel on nous avait implantées, cette plaine entourée de marais qu'on nous interdisait d'approcher en mémoire de la petite Sylvaine, alors qu'étrangement ici, quand les nuages s'accrochaient aux sommets, que l'orage tonnait ou que l'eau ruisselait des coteaux pour fournir une herbe grasse aux brebis, maman n'avait jamais peur pour nous. Au contraire, elle disait que « ses belles plantes avaient besoin d'eau pour pousser ».

Xabi m'a tendu une lourde batterie portant l'inscription « Méandre Technologie » tout en me glissant à l'oreille :

Stella, est-ce que tu peux me tenir ça quelques secondes pendant que je vais remettre le courant ? Et écoute-les réagir, c'est tellement émouvant.

Quand il a redressé le fusible sur l'antique compteur, la lumière s'est faite aux quatre coins de la salle. Tout le monde s'est tu. Aucun mot n'est plus sorti d'aucune bouche. La beauté les avait rendus muets.

Je ne l'avais jamais vue aussi distinctement du temps de nos escapades. Puisque le projet d'installer une centrale électrique dans la salle avait été abandonné depuis longtemps, la grotte ne disposait alors d'aucun éclairage. Pour tenter d'appréhender son volume, nous devions nous contenter de ces lampes que l'ami de maman appelait « la carbu », un modèle semblable à celui des anciens mineurs. Leur flamme jaune procurait un éclairage suffisamment confortable pour progresser dans le tunnel mais pas assez performant pour embrasser l'étendue de la salle, et maintenant j'étais là, debout devant cet inconcevable paysage, sidérée par son gigantisme et sa noble prestance. Maman non plus ne devait jamais l'avoir vue comme je la voyais aujourd'hui avec ces points de lumière épars et ces minuscules mannequins jaunes perchées çà et là qui paraissaient tellement proches qu'on était tenté de tendre la main pour les toucher.

Aussi incroyable que ça puisse paraître, ces mannequins sont à taille humaine… Et ce que vous voyez là-haut à 80 mètres en hauteur, c'est la galerie d'Aranzadi, l'ancien lit de la rivière Saint-Vincent. En 1961 sa découverte a permis de confirmer l'hypothèse selon laquelle La Verna a été formée par un long processus d'effondrements successifs qui a abouti à la perte de la rivière au fond de la salle, il y a 200 000 ans.

Mais alors c'était donc à ça que servaient les découvertes ? À comprendre ce qui s'était effondré dans le passé ? C'est à ça que Xabi passait sa vie dans sa combinaison écarlate, lui qui ne croyait qu'à l'excitation des « premières », ces expéditions destinées à explorer de nouveaux territoires ? Était-il nécessaire de connaître tous les mouvements de la grotte pour l'apprécier ? Ces effondrements et sédimentations qui nous ont précédés, toutes ces infiltrations à travers les porosités jusqu'à former une poche minérale aussi parfaite que mes sphères d'argile ? Une forme comme le ventre de notre mère qu'il nous a fallu quitter à sept minutes d'intervalle et dans lequel toi comme moi ne reviendrons jamais. Que je me sois intoxiquée d'alcool pendant toutes ces années ou que tu aies dû livrer bataille contre ta psyché, les faits sont là : aujourd'hui, toi comme moi n'avons personne d'autre que nous-mêmes sur qui compter.

Aujourd'hui, moi aussi je voudrais devenir un adulte parfait.

Je ne sais pas si devenir un adulte parfait consiste à vivre comme j'ai vécu le reste de cette journée. Il faisait encore jour quand nous avons regagné l'air libre par le même tunnel. Avec ce vent du dedans qui ne voulait pas se laisser enfermer, il a fallu que Xabi et moi nous mettions à deux pour verrouiller la porte en fer. Puis tout le monde a repris le cours de sa vie, imprégné du souvenir de ce monde souterrain auquel chacun avait eu accès. Xabi a salué son « bonhomme » en lui promettant un grand avenir de spéléologue, ce qui a eu l'air de lui faire de l'effet, puis le minibus a démarré. Sur l'esplanade il ne restait que nous deux. Dans l'ombre du versant, le vallon a retrouvé son calme. À l'exception de la cabane de Prébende et de la porte rouillée à flanc de montagne, rien ne laissait deviner qu'il s'agissait d'un lieu d'exception.

À peine Xabi s'est-il installé au volant de sa Jeep que son visage s'est rapproché du mien et une impulsion soudaine a guidé mes lèvres jusqu'aux siennes. Nos casques se sont entrechoqués et l'une de nos frontales s'est même allumée. Il y avait dans ce baiser une douceur dont nos bouches se délectaient avec lenteur. Aucune urgence, mais au contraire un élan tempéré qui guidait nos gestes comme si nous avions tout notre temps. Ses mains tièdes ont enlacé mes épaules tandis qu'au-dessus du levier de vitesse nos bustes se sont plaqués l'un contre l'autre. Les minutes se sont ainsi égrainées à sept cents mètres à vol d'oiseau du cœur de cette grotte comme une machine à remonter le temps. Sa main a détaché la fixation de mon casque ; la pulpe de mes doigts a suivi les courbes de sa joue ; ses narines se sont nichées au creux de mon cou et tant d'autres caresses coordonnées dont je ne savais plus vraiment si elles émanaient de lui ou de moi. Tout près coulait la rivière souterraine, et ses tumultes en aval alimentaient les quartiers de Sainte-Engrâce d'une électricité dont nous nous sentions nous-mêmes chargés. Nos deux batteries internes ont ainsi vibré jusqu'à la nuit tombée, mixant nos salives et nos parfums avec ceux des bruyères vagabondes tapissant le ravin. Je crois bien me souvenir d'une image fugace dans le rétroviseur, le reflet de mon visage « vanille-fraise », comme aurait dit maman. L'heure tournait et il a fallu revenir à la réalité. Engoncés dans nos combinaisons zippées et nos bottes boueuses, nous avons regagné le creux de la vallée en échangeant des sourires aux hurlements du frein moteur et quand Xabi m'a déposée sur le pas de ma ferme-foyer, il m'a dit *À très vite* avant de regagner le Centre pour la visite du soir.

18

Il a surgi sans s'annoncer. Les sourcils froncés. La chemise nette et cintrée. Les pampilles bien ordonnées sur ses mocassins cirés. L'œil perçant d'un vautour prêt à tomber sur sa proie en piqué.

Je l'ai laissé entrer. Il a scruté la pièce comme s'il cherchait un indice qui l'éclairerait. A ouvert le buffet, a fouiné dans le frigo. Il a tout reniflé. Les odeurs d'enduits frais, le mastic des croisillons en train de sécher et la latte de parquet neuve devant la cheminée.

Alors c'est pour cette bicoque que tu vides tes comptes ?

En le voyant chez moi, j'ai pensé flambe, flambeau, feu, sorcier, bûcher. Les illustrations des livres du premier étage avec leurs brasiers de sorcières pourchassées par de Lancre* ont défilé dans ma tête avec une telle intensité qu'un instant j'ai craint que Joshua ne devine mes pensées.

J'ai une surprise pour toi, a-t-il dit avant de disparaître vers la cour. J'ai entendu les portes de sa berline claquer suivi d'un autre son que j'ai mis un certain temps à identifier : celui du tintement des six bouteilles

---

* Pierre de Rosteguy de Lancre, magistrat français connu pour avoir participé à un épisode de chasse aux sorcières au Pays basque, au XVIIe siècle.

dans une caisse de bois. Il l'a posée sur la grande table cirée en lançant un « tadam » comme si le spectacle allait commencer.

Comment tu m'as retrouvée ?

C'est pas bien difficile. Un coup de fil à ton notaire, un autre à ton banquier, rien de plus easy pour un mari tu sais...

Toujours cette façon de mixer l'anglais au français.

Joshua a ouvert les tiroirs un à un sans trouver ce qu'il cherchait. Au troisième, il a fait la moue. Ensuite, il a émis un claquement de doigts entre le pouce et le majeur comme pour dire qu'il avait une idée puis de nouveau il a disparu par la porte d'entrée. J'ai pensé à fuir mais, tu comprends, je n'avais nulle part où aller, alors j'ai attendu sagement qu'il revienne. Pour me calmer, j'ai concentré toute mon attention vers nos gorges préférées visibles depuis la petite fenêtre du rez-de-chaussée, tout en me répétant que ce n'était qu'un mauvais rêve. Mais tu vois, je ne rêvais pas. J'ai entendu les roues de sa valise qui maltraitaient les graviers et, juste après, le glissement de ses semelles de cuir sur les dalles de l'entrée. Dos à cet intrus, je me nourrissais des nuances de vert wagon, de vert sapin, de bleu luzien qui paraient nos falaises calcaires en cette fin de journée. Tout plutôt que de penser au moment présent. Plutôt me concentrer sur le roucoulement de cette palombe qui s'était aventurée ce matin par la tuile manquante au grenier, celle-là même qu'autrefois Serge avait ôtée pour laisser l'âme d'Énéa s'échapper de sa ferme-foyer. Je repensais aux caresses de Xabi, là-haut près de la porte rouillée, ainsi qu'à la douceur de la semaine passée à sillonner les hectares de notre propriété. À la découverte du bosquet de ces magnifiques arbres Sumac que le père de Sauveur avait plantés autrefois à son retour du Mexique. À la rugosité du manche du couteau qui m'avait servi à entailler leur tronc. À la sève mielleuse qui s'était écoulée de l'écorce. Une sève tenue pour toxique qui, une fois à l'air libre, pouvait servir de laque. À mes envies de récolter cette matière pour redonner forme à ma sphère fracassée comme le font les adeptes de Kintsugi, cet art japonais destiné à réparer les céramiques brisées. À mon souhait de préférer à la poudre d'or l'ajout d'oxydes de fer pour rendre la laque plus noire encore, d'un noir bien au-delà du brun. Un noir aussi profond et beau que celui de l'obscurité de La Verna. Et à toutes les façons de pratiquer librement ma passion avec la matière première que m'offriraient ces terres.

Et qui c'est qui a toujours un tire-bouchon dans sa boîte à gants ? Hey, tu boudes ou quoi, grumpy ?

Tu sais ce qu'on fête ?

Joshua a toujours su animer la conversation en solo, notamment les soirs où je n'étais plus en état de lui donner la réplique.

*Hats off**, *ma belle ! Tu as été premier prix à la Biennale ! Je tenais à te l'annoncer en personne. C'est pas beau, ça ?*

Habituellement, l'artiste qui apprend la bonne nouvelle saute dans les bras de celui qui la lui annonce. Ils virevoltent en riant quelques instants, reprennent leur souffle, se disent « c'est pas vrai… » pour finir par s'asseoir côte à côte, un sourire aux lèvres, et trinquer

* Chapeau bas.

ensemble à ce nouveau cours que prend l'existence. Sauf que Joshua ne le sait pas encore mais je ne trinque plus, et rien de ce qui pourrait sortir de sa bouche avide ne saurait me réjouir.

Jouir. C'est pourtant ce que Joshua tentait de provoquer en moi. La jouissance de me savoir reconnue, adulée, récompensée a longtemps été un moteur, mais les choses ont changé à force de ne penser qu'à toi le temps d'un été.

Ça te fait pas plaisir ?

Décidément non, sa nouvelle ne me procure pas une once de plaisir. Rien en moi ne s'agite. Rien, si ce n'est une furieuse envie d'attraper cet homme par le bras et de le foutre à la porte de la maison dont ma lignée maternelle a hérité du nom.

Tiens, goûte-moi ça d'abord et après on parle…

Joshua me tend un verre vide. Puisque je ne réagis pas, il s'empare de ma main, l'ouvre, glisse le pied fin du verre puis verse le liquide dans le ballon de cristal ciselé. Ce verre n'a rien en commun avec ceux qui peuplent les étagères du buffet de mes ancêtres. À croire que Joshua, pressentant que mon trousseau ne serait pas à la hauteur, a préféré se munir de calices dignes du breuvage avec lequel il compte m'amadouer.

Grande Champagne Vesper Delamain, cadeau de la maison mère. Livré directement à l'atelier des Chartrons de la part des distillateurs en personne, Patrick et Charles. Tu te rappelles la fois où on avait passé le week-end dans leur propriété ?

Bien sûr que je m'en souviens. La visite des chais, le dîner aux chandelles avec tous les châtelains voisins et, le lendemain, une gueule de bois carabinée comme j'en ai si souvent écopé.

Ils ouvrent un showroom au Japon. Ils voudraient nous commander une immense sphère pour leur hall d'entrée. Le Japon ? Tu te rends compte ? Tes sphères atterrissent au Japon maintenant ? Merci qui ?

De quoi me parle-t-il ? De quelle sphère ? D'une de celles qu'il s'est appropriées sans me le demander – dans ce cas, je ne vois pas ce qu'il est venu faire là – ou bien d'une de celles dont il espère me voir accoucher ?

Et alors tu fais quoi de tes journées depuis trois mois ?

Je me promène. Je lis. Je marche aussi. Je m'installe dans ma nouvelle vie.

Bullshit ! T'es incapable de rester à rien faire comme ça.

Mais je ne fais pas rien. Je réfléchis.

Oui, eh bien, il va falloir s'arrêter de penser pour s'y remettre dare-dare si tu veux pas devenir aussi transparente que ce cristal. Allez, santé. À tous tes succès passés et aux autres à venir !

Joshua pose ses lèvres sur le bord du verre. Quand il boit, sa bouche prend toujours une moue candide. Il lève les yeux vers moi et donne un coup de menton pour m'inciter à boire. Comme je ne réagis pas, il attend, la bouche pleine. Je lui gâche le plaisir de sa première gorgée. Il ne s'était pas imaginé les choses ainsi et ça le contrarie.

J'ai arrêté de boire.

Dis pas de conneries… Demain le camion débarque. J'ai fait démonter le four des Chartrons et j'ai commandé celui dont tu rêvais : le four à gaz pour les grandes pièces.

Tu auras tout ce qu'il te faut. J'ai même fait démonter tes bacs à décantation. Tu auras tous tes outils et aussi ton établi. Si tu as besoin d'un échafaudage, tu n'as qu'à siffler. Pareil pour Amaury.

J'ai besoin de rien ni de personne, et encore moins de toi ou d'Amaury.

Tu te fous de moi ?

Non.

À partir de là, les choses sont allées beaucoup trop vite pour que je m'en souvienne. Quand je pense au déroulé des faits, il y a toujours un passage qui m'échappe. Celui du pire. Je me souviens de la violence des paroles que Joshua a prononcées en avançant vers moi, de mon verre en cristal qu'il a balancé dans la cheminée, des flammes immenses qui s'y sont élevées et des gouttes dorées qui ont atterri sur le züzülü, dessinant sur le bois de petits cercles bombés. Je me souviens de tout ça mais pas de ce qui a provoqué l'effondrement du plafond.

Dans le déroulé imparfait des faits, il me semble me rappeler que Joshua se précipite au-dehors vers le coffre de sa berline et en ramène un dossier plastifié qu'il brandit sous mon nez. Dans l'eskaratz où je me suis réfugiée, il me parle de contrat, d'obligations morales, de régime matrimonial. Il énumère les articles dans les journaux de prestige qu'il peut m'avoir quand il veut avec ses contacts. Il énonce les efforts qu'il a dû fournir pour justifier mon absence à la Biennale où tout le monde attendait ma venue. Il ironise sur la chance que j'ai d'évoluer dans ce milieu de timbrés dans lequel les artistes qui se font désirer voient leur cote grimper. Qu'avec mes airs innocents, je suis bien maligne – grâce à tout ce qu'il m'a appris – d'avoir su gérer mon image comme je l'ai fait en disparaissant ainsi. Ces manigances me bénéficieront tout autant qu'à lui, mais pas question que je me soustraie à mes devoirs.

Avec tout ce que j'ai fait pour toi, tu m'en dois encore une. Une dernière et après on verra. Et commence pas à chercher la petite bête dans ce contrat, tu as ma parole : je te donnerai la moitié des gains. Si tu ne veux plus qu'on se voie, ça ne me pose aucun problème, mais je te préviens, je sortirai pas de ta vie tant que tu m'auras pas signé ça.

Je revois la plume du Montblanc qu'il agite sous mon nez. Je revois ma poitrine contre la sienne tandis que mon dos se plaque contre un des étais que Sofiane a disposés. Comment en est-on arrivés là ? Comment d'un mariage en arrive-t-on à tant de menaces ? Pourquoi ces yeux furieux cherchent-ils à attiser la haine ? Par peur que mon inspiration ne s'éteigne et que ne partent en fumée tous les bénéfices à tirer de ce qu'il nomme « un don » ?

Je revois, étalé sur l'établi où le mois dernier Sofiane sciait des planches en écoutant notre crooner favori, le « contrat » que Joshua veut me forcer à signer. Une sphère – et ensuite on verrait bien si j'allais tout lâcher.

Ça n'a rien à voir avec vendre ton âme au diable, madame les grands mots. C'est un juste retour sur investissement. Toi, tu crées. Moi je te fais connaître. Tant que la demande est là, on y répond. Quand plus aucun hôtel de la terre, ni musée, ni fondation, ni siège social ne pourra plus supporter la vision de tes sphères auxquelles personne n'a jamais rien pigé, eh bien, alors il sera grand temps pour toi et moi de passer à autre chose. Mais pour l'instant n'y compte pas.

Sauf que j'ai déjà tout lâché.

Est-ce que j'ai voulu me dégager de son étreinte en fuyant d'un côté ? Est-ce qu'en appuyant sur cet étai qui retenait le plancher l'équilibre de l'ensemble a été ébranlé ? Tout ce puzzle provisoire que Sofiane a qualifié de « fragile » et qui ne doit plus bouger en attendant la livraison du nouveau plancher. Ordre m'a été donné de ne jamais m'aventurer dans ce labyrinthe où Joshua m'a entraînée, cette pièce sombre destinée autrefois aux bêtes et aux montgolfières de foin pour l'hiver.

Le fracas a été terrible. Un court instant, j'ai cru que le ciel me tombait sur la tête. Autour de moi pleuvaient lattes, poteaux, solives et linteaux. Je me suis abritée comme je pouvais, c'est-à-dire en plaquant mes mains sur mon crâne. Et puis soudain toute cette pluie de dangers s'est arrêtée. J'ai regardé le tas de ferrailles et de bois qui recouvrait le sol. Incapable de bouger, j'ai fouillé du regard le moindre interstice de ce Mikado à la recherche de ce qui peut subsister de l'homme que j'ai épousé, tout en sachant bien que celui qui se trouve dessous n'a rien à voir avec celui en qui j'ai placé tant d'espoirs. Celui qui gît dessous est sec. Son cœur est sec. Sa bouche est sèche tout comme son âme, sèche elle aussi. Celui qui se trouve sous ces planches est tellement sec qu'il doit s'hydrater sans cesse pour ne pas défaillir. Boire, boire et encore boire pour que ses tissus vides ne se craquellent pas comme mes oxydes d'émaux à la sortie du four, alors que moi – je le sais depuis que Xabi m'a embrassée – je peux me transformer en une de ces créatures hydrophiles. Moi, au contraire de Joshua, je n'ai plus besoin de boire puisque désormais l'atmosphère saturée d'humidité dans laquelle je désire évoluer me sied. Finis, les terres sèches, les cœurs secs, le manque de larmes, de salive et d'élans torrentiels qui m'accablent depuis des années. Maintenant que cette sécheresse n'est plus mon pays, je veux vivre d'amour et d'eau fraîche loin du désert alcoolisé de ces trois dernières décennies.

Juste après l'accident, Serge et Maïté ont contacté les pompiers. Dans la nuit profonde sous la Voie lactée, cinq bénévoles ont débarqué en provenance de Tardets. Tout gyrophare dehors, leur camion rouge a suivi l'ancien tracé de la voie de chemin de fer qu'a remplacée la D113 menant à la ferme. Pendant leur recherche, Maïté me soigne dans la cuisine et, plus d'une heure après leur arrivée, Serge déclare que les gars ont trouvé Joshua.

Il est très amoché mais vivant. Je pars avec eux à Oloron.

Maïté caresse ma main. Cela fait une heure qu'elle me répète que tout ira bien en retirant des échardes de ma peau. Des dizaines d'entre elles gisent ensanglantées sur un coton près d'une pince à épiler. Et sur le lit bateau où je m'écroule, elle me câline comme une maman le ferait en chuchotant :

C'est comme ça qu'elles sont, les maisons d'ici. Elles sont là pour protéger ceux qui les habitent.

19

Tu vois, les choses peuvent être simples au fond.

Les maisons abritent les gens. Les parents protègent leurs enfants. Ceux qui s'aiment vieillissent là où ils se sentent bien.

J'avais mal dormi dans la ferme des Labat. Loin de mes repères, dans l'obscurité, j'étais déboussolée. Je repensais à la brutalité des événements de la veille. Vers minuit, quand Serge avait appelé des urgences, Maïté m'avait passé le combiné. Dès son admission, Joshua avait repris connaissance. Aux dernières nouvelles, il souffrait de sévères contusions au nez et à la mâchoire ainsi que d'une fracture ouverte au tibia, mais par chance sa colonne vertébrale avait été épargnée. Il était encore en état de choc. Les médecins disaient que c'était un véritable miracle qu'il en ait réchappé.

Il a demandé à être transféré à Pessac.

M'a traversée l'image de ses mocassins à pampilles sur le brancard en partance pour le *nec plus ultra* des cliniques d'Aquitaine.

En tout cas tu ne risques pas de le revoir traîner par ici.

En entendant les mots de Serge, le nœud qui m'étranglait depuis des années s'est aussitôt desserré.

J'ai enfilé mes vêtements de la veille. J'avais besoin de marcher. Dans les prémices de l'aube, j'ai tourné le dos à la vallée pour m'engager dans la montée. Le jour naissant teintait de mordoré les crêtes rocheuses au-dessus de notre village. La vue du clocher et du cimetière où repose notre mère me servait de repères. Après l'abreuvoir, j'ai suivi le lit de la rivière. Près de la ferme Unguraturia, un panneau indiquait la direction des gorges par le sentier, celui qu'on suivait pour rejoindre la cabane de Sauveur depuis le village. C'est comme ça que j'ai eu envie de ces hauteurs. Dans le bois d'Utxia, j'ai entendu une bête gratter la terre. Plus loin une chouette harfang s'égosillait dans une combe. Pour ne pas sentir les cailloux sous mes plantes de pied, je foulais la lisière du sentier. Des fougères aux frondes ciselées caressaient les bottes de Maïté dans lesquelles je flottais. Malgré mes orteils recroquevillés sur mes semelles, je n'arrêtais pas de glisser en arrière. Pourtant j'ai continué, enjambant les troncs d'arbres morts ou les bosquets de mûriers rampants bardés d'épines qui me barraient l'accès. La vue sur le pic d'Orhy m'a confortée dans la direction à prendre. À l'est, un milan tournoyait au-dessus de notre grotte sacrée. Maman, toi… Je n'en pouvais plus de repenser à vous deux. À force d'ausculter vos faits et gestes du passé, j'avais l'impression d'avoir perdu tout espoir d'avenir. Le fracas du plancher résonnait encore dans ma tête. Comment allais-je pouvoir réintégrer ma maison ? Comment allais-je m'y sentir aussi bien qu'aux jours où la présence de Sofiane et d'Eddy avait transformé ses quatre murs en un havre de paix ? Le cœur de l'etxea battait-il pour de vrai ? De telles histoires existaient, hier soir Maïté me l'avait assuré en pansant mes plaies. Comme l'indiquait l'inscription gravée dans le linteau, la maison abritait « ceux de la rivière » des fiels et des vents mauvais. J'aurais voulu croire en ses prophéties quand elle affirmait que « les Ibaiarenak y seraient toujours en sûreté », mais dès que je repensais à la violence de cette pluie d'étais, de nouveau mon pouls s'accélérait.

Très vite le tracé du sentier s'est une fois de plus dissous dans les broussailles. Un court instant, j'ai cru reconnaître les abords du canyon d'Ehujarré mais il ne s'agissait que de simples falaises. Je me suis mise à tourner sur moi-même comme une bête traquée qui ne savait plus où aller. Quand j'ai fait demi-tour, mes yeux fauves n'arrêtaient pas de pleurer. Jamais je ne trouverais ma place. Où puiserais-je de nouveau l'harmonie à laquelle j'avais brièvement goûté ?

Le poêle ronflait dans leur cuisine. Sans un mot, Maïté s'est assise sur une chaise en face de moi. Elle m'a tendu les compresses et le désinfectant qu'elle n'avait pas encore rangés et j'ai soigné les nouvelles griffures sur mes avant-bras. Sa voix m'a surprise quand je m'y attendais le moins.

Tu es comme ton grand-père. Celui-là, s'il ne s'isolait pas tous les ans, il périclitait.

Derrière Maïté, une photographie colorée égayait leur cuisine monochrome : un panoramique du col de La Pierre Saint-Martin parsemé de centaines de petites taches blanches. Les bêtes des bergers. Dans le ciel au-delà de l'étendue calcaire des impressionnantes Arres d'Anie, les nuages se fondaient en dégradé entre le gris de lin et l'indigo en passant par le bleu persan :

des couleurs dont j'avais appris tardivement le nom aux Beaux-Arts alors que je les avais toujours connues. Celles-là mêmes que maman aimait contempler près de la frontière avec l'Espagne depuis la cabane de berger qu'elle appelait « son refuge ». Maïté a dû lire dans mes pensées parce qu'elle a cru bon d'ajouter :

Vaut mieux passer par la route quand on ne connaît pas le sentier.

On est partis vers midi dans la berline noire que Joshua avait laissée là. Bien que je ne sache pas conduire, cette voiture était ma propriété comme l'indiquait le nom inscrit sur la carte grise dans la boîte à gants. Serge avait la conduite étonnamment sportive dans la pente raide qu'il gravissait encore à vélo les dimanches dix ans plus tôt. Il a commenté le parcours en passant les vitesses comme on change de plateau. Après les deux premiers kilomètres où il fallait utiliser toute la denture arrière du braquet, l'ascension reprenait sans pitié dès le ruisseau. De là il fallait encore souffrir jusqu'au col de Suscousse. Passé la forêt de sapins, à un embranchement plat et pelé, la route croisait celle d'Arette qu'avaient empruntée les coureurs du Tour de France le 14 juillet dernier, alors qu'à trois cents kilomètres à vol d'oiseau, tu t'ébrouais sur la plage avec ton gros chien. À l'embranchement, l'herbe portait les traces jaunes des supporters et sur un rocher était bombé « Viva Oscar Pereiro ». D'après Serge, la dixième étape du Tour aurait été nettement plus intéressante par la route qu'on venait d'emprunter, mais *c'était toujours pareil avec ces Béarnais qui depuis des siècles nous volaient la vedette quand ils n'asséchaient pas nos rivières.* Je sentais dans sa voix un brin d'exagération, mais avec le temps, j'avais appris à connaître cet ami et voisin de mes grands-parents. Sous ses airs bourrus se cachait un homme d'une grande délicatesse qui ressassait d'antiques querelles de sourciers pour amenuiser le choc de la nuit passée. Quand la berline s'est garée sur l'esplanade du col, Serge a pointé du doigt un minuscule point grisâtre contrastant avec le vert fluorescent des estives.

Tu vois cette petite tache entre deux rochers ?

Comme je ne distinguais rien dans la lumière éblouissante, il a murmuré :

C'est pas grand-chose mais tu risques d'aimer.

Enfin, je l'ai aperçue : à vingt mètres d'une petite masure qui n'avait plus de toit, quelque chose que j'aurais pu prendre pour un tas de pierres : l'etxola de mon grand-père.

Tu vois, au fond, la vie peut être aussi douce que les trois semaines qui ont suivi mon installation dans cette cabane que maman adorait. Ici, fin septembre quand certains étés comme celui-ci s'annoncent indiens, on peut laisser librement le temps filer. Planté sur la plaine caillouteuse comme un triangle inversé de pierres grises surmonté d'un toit de tôle rouillée, ce refuge n'a rien d'un palais. Le long de la façade percée d'une porte décentrée, une longue planche soutenue par des parpaings fait office de banc. La vue est inimaginable : sous le sommet du pic d'Arlas les lapiaz au loin ; juste devant l'herbe étonnamment grasse pour une fin d'été ; au nord, le panorama vers la vallée.

Comble du luxe, le silence.

Avant de me quitter, Serge m'a aidée à décharger le strict minimum pour vivre seule à seule face à moi-même ici : des barils contenant soixante litres d'eau, dix litres de lait, des cagettes de bocaux de légumes et de ragoûts de Maïté, dix pâtés, des haricots en boîtes, du riz et des céréales en sachet, un réchaud à gaz, des serviettes, le nécessaire de toilette, des allumettes, des bougies, une lampe à pétrole, un seau, le matelas gonflable, un duvet et un oreiller. Dans mon sac à dos, des vêtements chauds, les antiques chaussures de marche de maman qui me vont parfaitement, une hache et des raquettes si jamais il venait à neiger. Également le vieux mobile de Serge avec sa batterie pleine que j'allumerai en cas d'absolue nécessité. Une fois la cabane déblayée, aérée, le sol de terre battue balayé, une fois réparée l'ancienne table à qui manque un pied, une fois installé le matelas dans la mezzanine à un mètre du sol en terre, la petite bergerie ressemble presque à celle que j'ai connue. Elle est suffisamment spartiate pour l'âme d'ermite que j'essaie d'imiter. Ce dénuement, je l'avais voulu, persuadée qu'il m'aiderait à faire table rase du passé et à définitivement tourner la page pour vivre enfin ma vie.

Et surtout t'oublier.

Avant de démarrer, Serge m'a fait promettre de guetter l'arrivée des premiers flocons. Dès que la température baissera ou quand les vivres viendront à manquer, je n'aurai qu'à appeler pour qu'on vienne me chercher.

Surtout ne traîne jamais là où tu ne vois plus tes pieds.

Là-haut, tout m'a paru simple. Mes journées cadencées par les tâches quotidiennes ne me laissaient pas le temps de penser. Les brebis ayant déjà quitté le cayolar à la mi-septembre, ne restait d'elles que des monticules de petites crottes que le premier orage a dissous dans les prés. Au col, il n'y avait que moi et dans le ciel quelques grues filant plus au sud ainsi que ces éternels milans tournoyant inlassablement. Un soir, j'ai cru voir des isards se détachant sur les crêtes en ombre chinoise. Lors d'une promenade à la tombée de la nuit, j'ai eu la chance d'apercevoir un de ces rares desmans* courant se réfugier dans un trou, et une autre fois deux calotritons** qui savouraient la pureté d'un ruisseau à l'abri d'un rocher.

Une fois avalées les céréales du petit déjeuner, j'explorais les alentours. Je traversais les landes pastorales semées de blocs rocheux pour rejoindre un bosquet dans lequel je récoltais du petit bois et des branches de hêtre. J'y ramassais des seaux de tourbes que je mettais à sécher sur ma terrasse dans les cagettes vides dès que le soleil pointait son nez. Après ces efforts au grand air, une violente sensation de faim me saisissait vers midi. Je contentais ce tiraillement d'un peu de riz mélangé aux délices concoctés par Maïté. Ensuite, je déambulais sur le plateau austère, mon instinct à l'affût de pierres singulières. Les plus impressionnantes se trouvaient de l'autre côté de la route au-delà la borne mythique. Je les cueillais comme on cueille une fleur et revenais

---

* Cousin aquatique de la taupe vivant dans les cours d'eau des Pyrénées.

** Espèce d'amphibien endémique de la famille des salamandres.

chargée de mon butin en longeant un vieux pylône rouillé qui avait dû autrefois servir d'éolienne. Parfois, je m'accordais une pause vers l'autre cabane aux pans coupés près de la route, couchée à même cette mousse que maman nommait « herbe à sieste », et je restais là un moment à imaginer les âmes qui avaient occupé ces lieux, peut-être des amis de Sauveur ou quelques aventuriers en quête de gouffres inexplorés.

Désormais il n'y avait plus que MOI.

Seulement MOI.

Ici, c'est de MOI et de personne d'autre dont je voulais qu'il soit question. En m'isolant jusqu'aux premières neiges qui me chasseraient des sommets, JE voulais oublier ceux de mon monde d'hier pour ne plus penser égoïstement qu'à MOI et ainsi, dans mon futur, redonner une place centrale à ce MOI devenu secondaire.

Nous n'existerait plus. Nous ne compterait plus et je mettrais tout en œuvre pour faire de ce tu qui avait peuplé mes pensées un sujet aussi minuscule qu'un grain de poussière.

JE voulais redevenir un sujet.

JE.

Dizygote, distincte. Unique.

Au col, mes besoins essentiels ont pris toute la place.

Besoin de manger quand la faim me tenaillait.

Besoin de couper du bois à l'aide de la hache dont le maniement me collait des cloques aux mains.

Besoin de sillonner les lapiaz pour épuiser mon corps.

Besoin de m'assoupir après l'effort.

Besoin d'éprouver le silence qui emplissait mes pensées.

M'achever de fatigue était tout ce que j'avais trouvé pour que mon esprit ne revienne pas à toi. Cette vie monacale exigeait tout de ma personne. Elle ne te laissait aucun espace vide à combler. C'est pour ne plus penser à toi que je m'affairais du soir au matin. Pour cela que j'ai récolté ces impressionnantes pierres plates en forme de galets au-dessus de la borne 262, là où depuis des siècles les habitants des deux côtés de la frontière célébraient la paix. Chacune de ces pierres de la taille d'une brique pesant vingt bons kilos, il m'a fallu une dizaine de jours pour les réunir à cinq cents mètres de là sur ce que j'appelle « ma terrasse », le vaste socle calcaire sur lequel ma cabane repose. En bricolant ce qui restait des claies de l'ancienne fromagerie dépourvue de toiture, j'ai fabriqué une sorte d'établi. Dessus, j'ai poli mes pierres en les frottant une à une avec l'écorce de ces pins à crochets qui poussaient dans la moindre fissure.

Comme je n'avais ni livre ni papier, je passais mes soirées à scruter la nuit noire. J'avais beau chercher dans ma mémoire, le nom des étoiles ne me revenait pas. Seuls Mars, Pluton et Saturne et la Lune bien sûr, mais je m'empêchais d'évoquer son nom de peur qu'il ne me ramène une fois de plus à toi. Toute analogie était bannie et la discipline qui consistait à ne pas penser me demandait un effort de chaque instant. Quand, le lendemain au réveil, je constatais qu'un jour de plus était passé sans que je cède à cette facilité, je me félicitais d'un verre de lait.

Comme il était loin le temps de mes excès.

Chaque jour, je progressais.

Un après-midi où le soleil frappait comme en plein juillet, près du ruisseau j'ai identifié du sable orangé qui s'écoulait d'une brèche. Au toucher, j'ai deviné qu'il s'agissait d'une argile naturelle d'une excellente qualité. La nuit suivante, j'ai rêvé d'une immense sculpture qu'un vent violent balaierait en mon absence tout l'hiver sur ces terres. Le lendemain sur la toiture qui, une fois de plus, avait résisté aux assauts, une mince couche de grêle m'avertissait que mon temps était compté. À l'aide du seau, j'ai multiplié les allers-retours de la source à la terrasse afin de rapatrier au plus vite cette précieuse manne d'argile dans la cuvette naturelle qui retenait l'eau les jours de pluie près de la fromagerie. Je l'ai remplie et j'ai protégé son contenu d'un volet incliné. En quelques jours, la terrasse s'est trouvée tellement encombrée de tout ce que j'avais accumulé que je pouvais à peine circuler. Le soir, je m'écroulais sur le matelas gonflable et dormais des heures sans trêve.

Quelque deux semaines et trois jours plus tard, quand un brouillard épais a étreint le col, j'ai entamé l'assemblage de la pièce que j'avais aperçue en rêve. À présent j'avais tout sous la main. Maintenant que le vent s'était calmé, je disposais d'un peu de répit. Après une nuit glaciale, la température a légèrement remonté mais le brouillard qui étouffait tous les sons est, lui, resté. L'eau, totalement absente du col à cette hauteur, ne chuchotait rien à mes oreilles. À force, j'avais appris à faire le vide dans ma tête. Chacun de mes gestes n'était dédié qu'à une seule et unique chose : créer.

La sculpture a rapidement progressé et en quelques jours l'empilement des pierres polies a fini par composer un cairn de taille démesurée. J'ai consolidé l'ensemble à l'aide de larges colombins de cette argile rousse. De nouveau, il m'a fallu réitérer ces trajets jusqu'à la rivière pour accumuler plus d'argile. L'anse du seau me sciait les mains et, le soir, mes bras souffraient d'atroces courbatures à force d'empiler les lourdes pierres, mais très vite à ma grande satisfaction, la pyramide a dépassé le toit de l'etxola. Surtout ne pas repenser à ces cairns que je composais avec une autre quand j'étais enfant.

Une fin de journée alors que mon travail touchait à sa fin, le brouillard épais s'est encore densifié. Dans mes déambulations, j'ai perdu le sens de l'orientation. Puisque mon corps était couvert d'argile, j'ai gagné prudemment le ruisseau par le terrain accidenté. Le filet d'eau y était si mince que j'ai dû m'allonger tout entière dans son lit afin d'ôter les traces orangées qui recouvraient mon visage et mes bras. Perchés sur un piton, les choucas me regardaient faire. J'ai frappé dans mes mains et ils se sont envolés dans la purée de pois. De retour, j'ai commencé à monter la nouvelle muraille. Cette dernière étape que je m'étais fixée consistait à bâtir une enveloppe autour de ma sculpture en démontant pour cela les murs branlants de l'ancienne fromagerie. Deux jours plus tard, un nouveau cône de pierres, vertical cette fois, s'élevait autour de mon cairn. Pour rendre cette enveloppe aussi hermétique que possible, j'ai bourré l'espace de brindilles, ajoutant du petit bois et ce qui restait de mes cagettes dépecées ainsi que la tourbe séchée au fil des semaines.

À mains nues, j'en ai tapissé les jointures, tâchant de colmater les brèches de mon four de fortune. Les vestiges de l'ancienne fromagerie cerclaient maintenant le cairn de sorte qu'on ne voyait même plus son faîte. J'avais connu ce genre de four en forme de tipi que certains céramistes partageaient pour faire cuire leurs œuvres lors de soirées festives. Aussi peu étanche, le mien avait peu de chance d'atteindre la température idéale mais j'espérais que, au printemps prochain, mon œuvre puisse témoigner de la mutation que j'avais opérée seule, là-haut sur ces hauteurs.

Enfin, un matin quand tout a été prêt, j'ai gratté quelques allumettes que j'ai jetées dans l'interstice ménagé par une pierre amovible à trente centimètres du sol. La tourbe a pris feu et immédiatement après, les brindilles se sont embrasées. J'ai observé les flammes par cette unique voie d'accès au brasier. Dès qu'elles se tarissaient, je soufflais de toutes mes forces dans le vieux bouffadou pour attiser les braises. Le bois n'était pas vraiment sec et j'ai dû m'acharner longuement. Des heures durant, j'ai soufflé si puissamment de tous mes poumons qu'au bout d'un moment le feu a fini par ronfler. J'étais rassurée. Ma tête me tournait tant que je me suis efforcée d'avaler quelque chose, le reste d'un bocal de ragoût froid si j'en crois mon souvenir, et cette dernière journée a ainsi défilé sous le ciel menaçant. Puisque le décompte des allumettes avait commencé, je ne pouvais plus risquer que le feu s'éteigne, ainsi ai-je pris soin d'entretenir le foyer sans faiblir, l'alimentant sans cesse de tourbes et de brindilles sèches que je glissais par la fente. Il n'y avait plus que ça qui comptait : faire cuire ma pièce avant de regagner la vallée. Je me souviens d'avoir savouré la chaleur des flammes, un court moment de plaisir volé dans cette nuit de labeur, puis peu après j'imagine que le sommeil m'a terrassée. Assise sur le banc, sans m'en rendre compte, j'avais dû sombrer avant de me réveiller en sursaut. Combien de temps avais-je dormi au juste ? Impossible à dire puisqu'il faisait toujours nuit. Toujours nuit et toujours froid aussi. Il avait neigé. À présent tout était blanc. Par l'orifice du four, j'ai vu que le feu n'était plus qu'une infime petite braise qui scintillait comme un ver luisant en fin d'été. Il ne me restait plus que quatre allumettes, peu de brindilles et quasiment plus de tourbe. Je devais absolument retourner au bois. Plein est, les premières lueurs du jour s'annonçaient. J'ai posé l'antique chaussure de maman sur la surface lisse au-delà de ma terrasse, ma semelle dessinant sur la poudreuse un motif ondulé. J'ai hésité. Le terrain était si beau dépourvu de trace humaine. Or j'étais près du but que je m'étais fixé, ce but insensé qui m'avait parachutée dans une autre réalité et dans cette folle urgence que je m'étais imposée, alors comment aurais-je pu reculer ? Après tout je n'avais besoin que de quelques brindilles et d'un peu de tourbe, rien de plus.

J'ai avancé sur cette blancheur infinie, tâchant de deviner la piste habituelle que je suivais d'ordinaire jusqu'au bosquet, mais le blizzard s'est soudainement levé, compliquant plus encore mon trajet. Cette fois la neige était vraiment là. Mes vêtements, une doudoune et trois épaisseurs de laine ne suffisaient pas pour contenir le froid. Des pâturages accueillants de mon arrivée ne restait plus qu'une piste soyeuse d'une insondable pureté. Les flocons fouettaient mon visage, recouvrant mon bonnet et mes gants d'un agrégat cristallin. Une éclaircie subite a dégagé le ciel, laissant apparaître le Soum Couy et le Pic des Trois Rois mais immédiatement après, des nuages denses ont cerné le col d'un manteau duveteux que les rayons du soleil n'arrivaient plus à percer. Progressant sur ce terrain insaisissable, je me suis demandé quel jour nous étions.

Je me suis dit que j'avais trop tardé.

Que j'étais trop butée, trop obstinée. Que le chemin allait être long pour arriver à maturité. Plus de trois semaines que j'espérais venir à bout de mon obsession en la remplaçant par quoi ? Une autre obsession ? Trois semaines que je parlais toute seule, que je m'encourageais, que je me félicitais. Avais-je alors toute ma raison ?

Par chance, les vieilles chaussures de maman accrochaient sur les névés alors, naïvement, j'ai repris confiance. Tout compte fait, il suffisait d'avancer. C'est vers le bosquet que se trouvaient les brindilles et les lambeaux de tourbe dont j'avais besoin. Donc plutôt que de reculer, j'ai levé les mollets pour dégager la couche de plus en plus épaisse sur mon cou-de-pied. Et là, dans l'étendue immaculément vierge, quelque chose a cédé sous mon poids. La terre s'est dérobée sous moi et je suis tombée, l'équivalent de quoi ? Un deux trois quatre étages, je ne pourrais le dire. Je suis tombée et, dans ma chute, j'ai entraîné avec moi toutes mes peurs. Ma faim, ma fatigue, ma solitude, ma culpabilité aussi. Tout ça est tombé avec moi dans ce… Comment l'appeler ? Cheminée ? Gouffre ? Crevasse ? Je ne connaissais pas le nom de cette bouche qui m'avalait, et d'ailleurs avait-elle seulement un nom ? Je l'espérais car si cet endroit était connu et répertorié, j'avais plus de chance que quelqu'un m'y retrouve. D'autant plus qu'il neigeait de plus en plus fort sur le col, d'autant plus que j'avais promis à Serge et Maïté de redescendre aux premiers flocons et que le téléphone mobile qu'il m'avait confié était resté dans la cabane de Sauveur avec ces raquettes que j'aurais dû chausser, je m'en souvenais à présent. J'avais failli, intoxiquée comme je l'étais par ce besoin de façonner pour ne plus penser, oubliant mes promesses. Et maintenant je rebondissais comme au ralenti sur les parois calcaires, assaillie de regrets avec en tout et pour tout dans la poche de ma doudoune deux barres de céréales et un sachet de café déshydraté. Et puis soudain, mes pieds ont heurté net un obstacle, interrompant brutalement ma chute dans un violent coup de frein. Je n'étais peut-être pas si profond que je l'avais cru. À quelques mètres au-dessus de ma tête, je pouvais encore distinguer la luminosité du ciel laiteux. Quelques flocons téméraires s'aventuraient jusqu'à moi, leur forme fractale caressant mon visage à l'atterrissage. Les premiers instants, j'ai essayé de me hisser de toutes mes forces mais mon pied gauche restait bloqué. En dessous de moi, quelque chose comme une excroissance de la paroi retenait tout mon être prisonnier. Une dernière fois, j'ai tenté de me libérer mais il n'y avait rien à faire. C'est alors que j'ai compris : j'allais mourir ici.

20

Il fait noir.

J'ai la sensation d'avoir dormi, mais d'un sommeil debout. « Tu dors debout », disait maman quand je tardais à me coucher après le départ du dernier client. Je restais jusqu'à tard sur le tabouret haut du comptoir à dessiner le reflet des bouteilles d'alcool avec les aquarelles que m'avait offertes Caro.

Il fait soif.

« Une soif de loup », disait papa pour qualifier celle des réfractaires réclamant un dernier verre, comme les gars de la « maréchaussée ». Au-dessus du grand miroir, des lettres gravées sur un panneau de bois scandaient : « Qui se couche avec soif plein de santé se lève ». Mais où crèche donc la maréchaussée près ici ? À Oloron-Sainte-Marie ? J'espère pas à Pau. C'est loin, Pau. C'est au moins à deux heures de route, ou peut-être moins depuis Arette ? Est-ce qu'en ce début d'automne il y a encore des gendarmes qui séjournent au col comme du temps de papa autrefois ? Pourquoi je n'ai vu personne ces trois semaines ? Quelques voitures qui filaient vers l'Espagne tout au plus, et une fois une famille pique-niquant près de la borne penchée. Je n'ai vu ni les chiens Patous des bergers, ni une de ces brebis Manech tête noire adulées par Sauveur. « Ses sœurs », comme il disait, aptes à supporter de longues marches sur des terrains escarpés, capables de résister aux intempéries, la pluie comme la neige, alors que moi je ne résiste à rien. Moi, je ne fais que subir la puissance de mes obsessions jusqu'aux premiers flocons. Je ne résiste ni à la pression que les autres m'imposent, ni au vide de leur absence qui m'avale tout entière comme cette crevasse l'a fait il y a des jours de ça.

Des jours, je crois que j'en ai compté deux. Deux jours, soit une première nuit où quelques flocons continuaient de s'aventurer dans cette cheminée, suivis d'autres heures en journée à en croire le faible rai de lumière qui perçait jusqu'à cette paroi à hauteur de mon nez, le seul paysage auquel j'ai droit depuis que je suis tombée. Puis encore une autre nuit et maintenant un autre jour, plus nuageux je présume puisque, mis à part une certaine clarté, aucune lueur d'espoir n'atteint plus mon trou.

Bizarrement, ma soif ne m'inquiète pas. L'air est si humide. Humide et froid, même. Je n'ai qu'à tendre la langue pour cueillir quelques gouttes d'eau le long de la paroi. Quand j'ai soif, je lèche la pierre. Jamais je n'ai autant apprécié ce goût du minéral qui ressemble à de la craie. Tout en bas sous mes pieds prisonniers, je crois entendre loin, très loin, un chuintement discret dont le réseau souterrain me renvoie l'écho. Existe-t-il vraiment, ce filet d'eau qui murmure sur son passage un possible chemin ? Mais j'ai beau être menue, je ne m'y risquerais pas. Je n'ai qu'une peur, c'est que le socle qui retient mes pieds cède soudain sous mon poids et que je recommence à chuter. Est-ce que je suis la première à explorer ce trou ? Est-ce qu'un jour en mon hommage quelqu'un lui donnera mon nom ? Au-dessous de mes semelles, le boyau semble obstrué mais qui sait s'il ne rejoint pas la grotte d'Arphidia ? Si filet d'eau il y a, il s'est probablement infiltré en amont dans les irrégularités calcaires des Arres d'Anie où jamais je ne me serais aventurée sur un tapis de neige, tout informée que j'étais des dangers de les traverser sans visibilité alors qu'ici je me croyais en sécurité sur ces terres communes que les bergers et leurs bêtes partagent l'été. Pour passer le temps, j'imagine le trajet de cette eau fuyant ces reliefs percés de mille dangers. À des dizaines de mètres à l'aplomb, elle court vers l'immensité du réseau, cet Everest souterrain qu'ignorent la plupart des humains. Moi aussi comme eux, il y a tant de choses que je ne sais pas, à commencer par ce qui a mené là l'imprudente qui se croyait au-dessus du lot, mue par sa vanité d'artiste.

Je m'étais agitée pour ne plus penser et, à présent, je ne plus peux pratiquer que ça : la pensée immobile. Bouger m'est interdit. Condamnée à la méditation forcée, je suis enfermée en moi-même comme ces accidentés victimes du « locked-in syndrome » qui ne communiquent avec leur entourage que d'un battement de paupières, à la différence près que, dans ce piège vertical, je n'ai personne à qui parler, ni médecin ni infirmière. Personne à espérer. Qui aurait l'idée de me trouver là ? Qui serait suffisamment fou pour arpenter au péril de sa vie cette passoire cruelle sous le manteau de neige ? Sûrement pas les êtres sensés à qui j'ai soumis l'étrange idée de passer quelques semaines sur ces sommets, et qui me l'avaient déconseillé. À l'approche de l'automne, seuls les randonneurs aguerris se risquent dans ces montagnes, pas les femmes comme moi nées d'un plat pays. Maintenant que le mal est fait, pourrais-je attendre des autres qu'ils se mettent en danger pour me sauver ?

Une fois de plus, la faible luminosité qui parvient jusqu'à moi décline. Une fois de plus, j'ai la sensation de ne plus sentir mes membres. Par deux fois aujourd'hui, tout mon corps s'est raidi avec ces horribles impressions de fourmis qui courent sur la peau sans que je puisse rien y faire. À peine puis-je bouger mes bras, le gauche mobile vers le bas et le droit dressé, totalement bloqué contre la paroi. L'impossibilité de le descendre fait souffrir ma clavicule. Mon corps me parle bizarrement depuis la chute. Il se confie à moi, osant enfin exprimer ses souffrances. Quand je gratte la paroi de ma main droite, je sens sous mes ongles une matière friable. De l'argile peut-être ? Pour passer le temps, j'en fais des petits grumeaux qui dégringolent dans mes cheveux. En me contorsionnant du côté gauche, j'ai réussi à saisir une barre de céréales dans ma doudoune. Mes doigts comme des petits crochets l'ont émiettée dans ma poche. Pour pouvoir m'en rassasier, j'ai plié mon buste dans le boyau, allongeant mon cou autant que possible jusqu'à ce que ma langue réussisse à laper quelques graines dans le creux de ma main. Et c'est à ce moment-là que j'ai senti glisser sur ma peau l'alliance sur sa chaînette dorée. Elle a rebondi sur la roche, rompant le silence comme mille clochettes, puis plus rien.

Avalée tout entière au creux de la terre.

Pour me consoler, j'ai repensé à cette chanson écoutée sur le tourne-disque le mois dernier.

Oooh, oooh, oooh, oooh, oooh
Je ne suis rien qu'un vagabond,
Fuyant à tort ou à raison,
Les gens m'accusent de crime sans nom,
Pour un oui ou pour un non,
Personne au monde n'a de pardon,
*Pourtant dans mon cœur, il y a du bon**

Après, rien ne me vient. Absence totale de souvenir, comme si une chanson pouvait s'achever comme ça, en l'air, sans point final. Un peu comme si la vie pouvait se terminer ainsi, sans raison, une fin dénuée de sens. Une boule envahit ma gorge. Elle est si grosse qu'il me semble que je vais m'asphyxier. Par réflexe, je me mets à tousser et les bruits de mon propre corps envahissent tout l'espace. Je les entends résonner en dessous de moi comme si une armée de Stella investissait l'entièreté du réseau pour aller quémander du secours. Un court instant, j'y crois et puis, tout de suite après, je regrette que les grains de céréales soient si petits que je ne puisse m'en étouffer.

Combien de temps encore à attendre la mort ?

Au troisième jour – si mes calculs sont bons –, je me réveille au son des battements de mon cœur. Mon bras droit me fait atrocement souffrir. Dans ma

---

* « Personne au monde » d'Eddy Mitchell.

bouche persiste le goût amer du sachet de café dont j'ai avalé la moitié avant de sombrer. Les battements deviennent de plus en plus présents. Ma respiration s'accélère, mes mâchoires se serrent. Le bruit est si terrifiant et j'ai l'impression que je suis en train de crever. J'imagine que ce corps dont je prenais si peu soin ne va pas supporter cette nouvelle épreuve. Ces coups de tambour emplissent tout le boyau de ma caverne avant de s'éloigner progressivement, et je comprends soudain. Ça vient d'en haut et non pas du dedans. Le bruit que j'ai entendu n'a rien à voir avec quelque organe tapi à l'intérieur de moi. Et soudain, je ne sais pas pourquoi, mais je me mets à espérer qu'il s'agisse d'un hélicoptère. Bien sûr, ils sont sur mes traces. Dès les premiers flocons, Serge s'est empressé d'alerter les secours. Ils ont visité la cabane de berger, ont vu que j'y avais tout laissé en plan, m'ont sûrement maudite pour ma légèreté, une fille du plat pays arpentant sous la neige ce plateau troué à la fin du mois d'octobre... À la recherche de quoi au juste ?

D'un paradis perdu ?

Est-ce la faim qui engendre ces hallucinations ? Ces grondements que j'ai d'abord pris pour des palpitations avant d'imaginer les pales d'un hélicoptère pourraient-ils être des coups de tonnerre ? Un orage aux sommets se déchaînant à rythme régulier ? Ou bien, tant qu'on y est, s'agirait-il d'un de ces génies tutélaires ? Ce Jauna Gorri* dont maman parlait si souvent, le seigneur rouge cultivant son jardin calcaire où poussaient les plantes aux vertus magiques dont il

* Créature de la mythologie basque habitant au Pic d'Anie.

tirait sa force surhumaine, probablement le même qui avait tenté la petite Sylvaine de cinq ans pour qu'elle aille se baigner dans ce gave jusqu'à s'y noyer. Est-ce qu'en ramassant les brindilles destinées à enflammer mon four ridicule, j'ai déraciné quelques-unes de ces plantes enchantées, déclenchant ainsi sa colère et ces déluges de pluie dans la vallée ?

Je tends l'oreille, pleine d'espoirs, mais vite déçue. Je n'entends plus rien. Il a dû pleuvoir, c'est certain parce que la peau de mon visage est trempée. L'eau m'a surprise en plein sommeil juste avant ce tonnerre que j'espérais mécanique. De désespoir, je me mets à rire de ma naïveté. Un rire cruel comme celui du méchant dans les dessins animés qu'on regardait pendant le goûter. Je ris et ensuite je chante les paroles de cette chanson qui me reviennent comme par magie. Je suis seule dans ce trou, le visage suintant, suffisamment folle pour m'égosiller à chanter ce couplet que nous aimions tant, toi et moi.

Personne au monde ne veut me croire,
J'en deviens fou, j'ai peur de tout,
Personne au monde ne peut savoir,
Combien je t'aime, waou, yé !
Personne au monde n'a su m'aimer,
Tu es la seule qui peut me sauver…

Et ma voix que je reconnais à peine se met alors à résonner au fond de cette crevasse. J'élève le ton pour qu'elle franchisse cascades, chatières et failles, qu'elle suive l'inclinaison des strates pour jaillir de quelques résurgences dans la rivière Saint-Vincent et que, devenue torrent, elle franchisse sans encombre les méandres du réseau en aval au lieu-dit le Métro, vers la salle Casteret, Queffelec, Adélie ou la salle Chevalier pour atteindre enfin la colossale caverne de La Verna dont à cette heure – et Dieu sait quelle heure il est – le beau Xabi est probablement en train de vanter les merveilles à des hôtes impressionnés. Je repense à cet homme que j'ai embrassé devant l'entrée du tunnel, à son regard intense et ses sourcils broussailleux. À quoi ma retraite solitaire aura-t-elle servi ? À me passer des plaisirs que pouvait m'offrir la vie ? Pourquoi les éviter ? Se pourrait-il qu'à travers cette mosaïque du socle primaire quelqu'un ait perçu mon appel et vienne me sauver ?

Je ne suis rien qu'un vagabond,
Pleurant à tort ou à raison,
Je reste seul à l'abandon,
Cherchant un chemin, une maison,
Personne au monde n'a su m'aimer,
Je t'en supplie, viens me consoler…

Et c'est alors que j'entends l'animal.

Il se met à aboyer au-dessus de ma tête, ça n'arrête plus. Un chien, donc. Quelqu'un, une voix de femme, fait « ohé » et moi aussitôt je réponds faiblement « ohé ».

Puis la voix se met à crier d'en haut :

Stella, c'est toi ?

Cette voix aiguë, je la reconnais et moi, ivre de joie, je ne sais pas pourquoi mais, au lieu de répondre, je me remets à chanter comme maman nous le demandait depuis les WC du train, lui indiquant par notre refrain que nous étions derrière la porte et qu'aucun malfaisant ne nous avait enlevées.

Personne au monde n'a su m'aimer,
Tu es la seule qui peut me sauver...

Et quand le chien se tait, la voix à laquelle je rêve recouvre peu à peu la mienne... C'est comme si j'entendais double.

Tant pis si je rêve. Tant pis si je délire.

Du trou où je suis, je perçois que l'autre voix tremblote elle aussi, alors, pour l'encourager, je me remets à chanter. Elle porte bien plus loin que la mienne mais je devine qu'elle fourmille d'émotions.

J'ai tellement peur d'un mirage. Tout ça me vide. Je n'ai plus la force de répondre, juste celle d'écouter.

Et c'est là que je t'entends pour de bon.

J'entends quand tu cherches tes mots comme si l'affolement de me savoir là-dessous te faisait oublier ces paroles qu'on a toujours sues, toi et moi, et puis après un long silence, tu reprends des forces et te remets à chanter. Dans un dernier effort, je te rejoins de mon mince filet et on continue, chacune à sa façon, moi telle une source asséchée et toi comme un torrent de plus en plus puissant.

Nous partirons loin de ce monde,
Pour nous cacher, pour nous aimer,
Si tu veux de moi, chaque seconde
Deviendra une éternité,
Personne au monde n'a su m'aimer,
Tu es la seule qui peut me sauver

Le chien a cessé d'aboyer. Depuis mon trou, je perçois ses halètements mêlés à ta voix qui me parle, me rassure et me berce.

On va te sortir de là, ma Stella. Ils sont là. Ils vont chercher le matériel. Mitchell, arrête ça !

Des voix d'hommes se rapprochent et, un instant, je crois reconnaître le timbre vibrant de Xabi. Soudain, une corde se balance sous mon nez. D'en haut, la voix grave me donne des ordres.

Glisse le mousqueton dedans. Doucement. Laisse filer.

Donne du mou. Inspire, expire. Oui, lentement.

Quand je sens mon corps se hisser malgré moi, mon pied prisonnier abandonne la chaussure là où elle s'était coincée. Adieu godillot de maman, adieu son alliance sur sa chaînette dorée… On m'appelle là-haut, je dois continuer de vivre.

Voilà que je m'élève enfin et ton visage se rapproche du mien.

Chaque centimètre gagné me ramène vers toi et vers cet animal blessé au chevet duquel tu es restée tout l'été, et grâce à qui tu m'as sauvée.

21

Pau, samedi 3 septembre 2016

Hier soir, j'ai dit à Sofiane on se lève tôt pour aller faire les courses avant. Quand on est invités le week-end à la ferme de Stella, c'est pas pour ça qu'on ne peut pas faire nos courses du samedi. « C'est comme ça », j'ai dit, et Mitchell a aboyé comme s'il était OK. Sofiane a accepté mais je vois bien que ça l'embêtait. N'empêche que quand on rentrera dimanche, on sera bien contents d'avoir le frigo plein. Sinon quand ? En semaine, Sofiane rentre trop tard du chantier et sans lui comment je fais les courses les jours où je ne travaille pas ? Avec toutes les places de stationnement qu'ils ont supprimées en bas de l'immeuble, où est-ce que je gare la fourgonnette ? À qui je confie le petit pour monter les packs d'Hépar, les couches et tout le reste ? Certainement pas à la gardienne qui parle dans mon dos ! Encore moins à la voisine d'en dessous qui tape au plafond avec son balai. « Les gens d'ici sont tous dingos », c'est ce que la gardienne dit en ramassant les détritus dans les allées. Dixit Sainte docteur Deny, « c'est ça la vraie vie », faut juste l'accepter. C'est ça, un monde avec des gens qui crient, des pas contents, des énervés, des rancuniers mais aussi des gentils, des bienveillants, des attentionnés. Pas le monde idéalisé qui n'existe que dans mes pensées.

Avant ma cure, Sainte Deny disait tout le temps que ma tête était pleine de trop de choses qui tournaient sans jamais s'arrêter, n'empêche que moi, à minuit, j'ai jamais tapé au plafond avec un balai comme l'autre timbrée.

Ce matin départ à 11 heures pour être à la ferme avant déj. D'après ViaMichelin arrivée prévue 13 heures pile. Je compte 20 minutes de rab au cas où vomi Eddy ou besoins pressants Mitchell.

Conseil psy + bonne résolution de l'année : TOUJOURS ANTICIPER pour NO STRESS : –)

Prendre sac affaires femme enceinte cave.

Gants caoutchouc neufs X 2. Jean usé + tenue pour jardiner.

Lit parapluie pour Eddy à laisser sur place.

Trousse de médocs. Chemise de nuit. Doudoune compacte + blouson Sofiane kaki.

Grenouillère. Doudou bouillotte pour chambre au premier (glagla).

Matin : Préparer thermos café pour trajet + sucrettes + chauffe-biberon dans fourgonnette.

Quel veinard, ce Sofiane. Hier soir j'ai à peine eu le temps d'écrire la liste sur ce carnet qu'il s'est endormi comme une masse comme tous les vendredis soir alors que, moi, j'ai beau me lever à 6 h 30 pour sortir Mitchell, le sommeil ne me vient jamais avant tard. Même avec le nouveau traitement, c'est toujours pareil. Endormissement compliqué mais après, gros dodo d'une traite comme ça ne m'était pas arrivé depuis l'adolescence. Il paraît même que j'ai ronflé cette nuit.

Avant de sombrer, Sofiane s'est moqué de mon carnet. « Tu vas faire un roman à force d'écrire tout ce qui se passe dans ta vie. » Il se moque de mes habitudes mais c'est jamais méchant. Il sait LE BIEN que mes carnets me font. Dedans tout est consigné. Zéro dérapage depuis la cure ni question humeur ni question sous. Depuis que Stella m'a racheté les parts de la ferme, on n'est plus obligés de compter comme avant. Avec l'obtention de son visa, Sofiane travaille plus régulièrement et il est mieux payé, sans compter le salaire de mon mi-temps aux serres. Aucun risque de banqueroute (surtout avec mon nouveau tuteur qui veille au grain).

TJS RÉFLÉCHIR AVANT D'ACHETER = noter l'envie d'achat dans le carnet puis laisser reposer. Et si gros montant, toujours faire un tour du pâté de maisons avant de sortir le porte-monnaie.

Ça me repose.

Je n'ai presque plus besoin de me méfier de moi-même.

Ces listes que je fais jusqu'à tard dans la nuit, que je relis, que je raye ou que je surligne, c'est le meilleur des somnifères.

Bien mieux que la télé-réalité.

FOOD : Légumes + Lait de coco bio + Lot de 3 packs Trio de Céréales Tipiak coupon réduc porte frigo + Pâtes semi-complètes

+ Yaourt Bonne Maman framboise + Confiture rhubarbe sans sucre + Pâté piment espelette + pain de seigle sous vide + Hépar X 6 + cotons démaquillants marque repère + PQ + Cif gel SDB.

BB + DOG : 3 Packs 18 Couches BBGREEN Pure Nature T5 + CURVER conteneur croquettes 54L + Croquettes Ultra Premium Low Grain 12 kg.

AMAZON Dimanche soir en rentrant pour Prime livraison lundi : Lot de 30 aiguilles Gold Eye + Fil à coudre bobine Gütermann Lot de 16 couleurs + Voilage Shabby Frou-frou blanc + Rideau Shabby romantique + tapis de bain Chenille rouge 60x90 + Advantix Très Gros Chien 6 pipettes + Brosse Furminator Premium Poils Longs XL + Cuddledry Snuggle Drap de bain oreilles de lapin + chargeur Samsung pour allume-cigare.

PHARMA : Lamictal 2 mg + Abilify ordonnance tiroir entrée + Sérum phy + lingettes WaterWipes + Liniment grand format + Hexomedine + Bandes cire froide + Autobronzant Oenobiol Claire et Sensible gélules + Thermomètre frontal Medipulse.

7 h 30. Eddy et moi prêts avant l'heure que je m'étais fixée ! Depuis la cure j'ai pris l'habitude de me féliciter. Inutile de se comparer aux autres. Le premier pas vers le BONHEUR consiste à se regarder soi-même avec bienveillance. Chacun sa vie.

STOP les réseaux sociaux. STOP la presse people Gala, Match, Closer.

GROS GROS DODO 8h d'affilée PROGRÈS à considérer comme une VICTORY !!!

CONGRATULATIONS.

Emporter les deux livres intéressants à lire « AIMEZ-VOUS D'ABORD ! »

POSITIVE ATTITUDE !!!!

8 h 15. Pause biberon dans le canapé pendant que Sofiane prend sa douche. Eddy est trop mimi dans sa salopette en jean achetée sur le Bon Coin. Depuis qu'on va à Sainte-Engrâce un week-end par mois, j'amène de moins en moins de bazar pour lui. Au début partir deux jours là-bas, c'était pire qu'un déménagement. C'est comme pour mon régime rééquilibrage alimentaire : moins cinq kilos depuis juillet dernier ! Moins d'objets à trimballer et moins de mots dans les phrases aussi = je me sens PLUS LÉGÈRE.

10 h 45. Douche obligée en rentrant du Leclerc. Bonjour la transpi ! C'est les désavantages de la chimie mais bon, sans ça, c'est la Bérézina. Quand Stella a arrêté de boire, moi j'ai doublé les doses de ma pharmacopée.

Rajout liste PHARMA : EXTAXIL Transpiration excessive.

Sofiane a oublié de faire le plein de la fourgonnette hier soir, donc 18 minutes dans la vue mais bon, c'est pris sur les 20 minutes de rab. Du coup je n'ai rien dit. Même pas râlé contre lui. Trop fière d'avoir tout bien organisé.

Grand beau temps sur la route. Autoradio à donf, Eddy bouge ses lèvres comme s'il connaissait les paroles par cœur. Trop choupinou je commence à gâtouiller... Mitchell a l'air tellement jaloux qu'il boude à côté. Il mate les cagettes des plants dans le coffre comme s'il voulait se rouler dedans. Calmos le lion !

En route, Sofiane est super touché quand je lui sers un café tout chaud du thermos. Il conduit d'une main en soufflant dessus. Maintenant que j'ai plus peur qu'il parte (DES MOIS QU'IL A OBTENU SON VISA ET TOUJOURS LÀ) malgré mes conneries passées (PLUS JAMAIS JE DISPARAIS COMME L'ÉTÉ DERNIER) malgré ma libido au point mort (PATIENCE because EFFETS NEW TRAITEMENT) malgré mes réclamations d'attentions, toutes ces marques d'amour dont j'ai besoin pour me sentir bien (JE NE PEUX PAS M'EN EMPÊCHER), les mêmes qu'avec mon chien ou mon bébé (SOURIRE, CARESSE, REGARD AMOUREUX, COMPLICITÉ), donc malgré tout ça, je dois bien reconnaître que mon mari est toujours là.

Avec moi.

Quand il me rend la tasse, il sourit.

GRATITUDE miss Sainte Deny et ses précieux conseils.

Arrivée à Sainte-Engrâce à 12 h 58 : –)))

Stella trop canon avec son ventre. Mister Xabi toujours super sexy dans sa tenue de guide. Pas fan de sa moustache mais dixit mister Xabi, le look d'Artagnan est dans le vent chez les spéléos. Dans le sac à fringues, Stella a flashé sur une tunique noire que je portais quasiment tout le temps pendant ma grossesse. Taille XXL mais ça sera parfait pour les trois derniers mois. De toute façon je ne m'en servirai plus. Ce qui est top c'est que quand Eddy sera plus grand, il viendra ici et il y aura toujours de la compagnie. Même si Xabi et Stella ne veulent pas savoir le sexe, je suis sûre que c'est un BABY-BOY, le futur pote de mon Eddy ! Deux petits-cousins/cousines ça fait un chiffre pair donc un chiffre magique.

Idée prénom fille : Anouk Iris Madelon Pauline Lou-Anne
Idée prénom garçon : Max Quentin Jonas Ulysse Adam

À l'heure du café, Serge et Maïté sont passés nous montrer la vieille carte postale de la ferme. Stella en a profité pour choisir l'emplacement du palmier que leur offre Samantha : pile en plein milieu de la cour pavée, au même endroit que du temps des arrière-grands-parents. Comme sur la carte postale. Pendant qu'on est allées au cimetière Stella et moi, Sofiane et Xabi ont travaillé tout l'après-midi à desceller les dalles de pierre. Pour les autres plantations, c'est moi qui jardine dimanche matin. J'ai tout prévu, terreau, râteau, binette à main et engrais. L'automne n'est pas trop la bonne saison mais Stella a insisté pour que la maison soit nickel pour l'arrivée de bébé à Noël prochain. Ça fait des semaines entières que pour elle je soigne ces pivoines aux serres. MA FIERTÉ.

COUR : Jubaea chili, stipe 15/20 cm hauteur 80 cm.
Pour parterres façade sur rocaille fétuque bleue et stipe pour massifs. Calamagrostide le long du chemin + graminées diverses.
CÔTÉ CHAMP : Pivoines White Caps + Monsieur AdamModzelewski + Arbustives Reine Elisabeth.
Emprunter taille-haies à Serge.

Demain matin, je ferai comme dans le temps quand je m'occupais des parterres de fleurs avec maman pendant que Stella dessinait dans la cuisine avec Énea. Quand je jardine, j'ai souvent l'impression que maman chuchote au creux de mon oreille. Elle me dit : « Retourne la terre, bêche encore plus profond, verse un peu plus d'eau. » C'est un peu comme si sa voix ne s'était jamais arrêtée. Année après année j'ai cultivé son souvenir comme Samantha bichonne sa plus belle orchidée.

Depuis que Xabi a installé l'atelier de céramique au rez-de-chaussée, après les réparations du plancher, Stella s'est remise au travail comme le kiné le lui conseillait. Tout est compliqué avec un seul bras valide, surtout le gauche, mais elle s'accroche, ma sœur. Ça ne m'étonne pas d'elle. Pour nous présenter ses « derniers bébés » comme elle les appelle, elle a disposé ses œuvres sur les tréteaux. Rien à voir avec ses grandes sphères d'avant : que des petites choses délicates et imparfaites, même souvent ébréchées qu'elle répare selon un art japonais qui s'appelle le Kintsugi. Quand elle ira mieux, ils ont prévu de partir en famille un an au Japon où Stella est invitée par une Fondation d'art près de Tokyo. Xabi y finira sa thèse pendant qu'elle apprendra la technique de fabrication des laques. Elle dit qu'un jour, elle les fera elle-même avec la sève des Sumacs du bosquet de derrière.

Ma sœur Grande Spécialiste en Kintsugi basque…

Ce qui m'a plu dans ce qu'elle m'a expliqué sur le Kintsugi c'est que les pièces recollées ont plus de valeur réparées que neuves ou entières. Moi aussi, comme sa grande sphère, je me suis souvent retrouvée en miettes avant d'être réparée. Stella a toujours semblé plus solide et pourtant quand je la vois avec son bras droit figé, je me dis qu'elle aussi a dû trinquer.

Moi, c'est l'intérieur de ma tête qui pourrait encore me jouer des tours si je me laissais aller. Elle, c'est ce bras droit qu'elle récupérera jamais tout à fait.

L'automne passé, quand on était chacune dans une aile de cet hosto à Pau pour soigner nos bobos, c'était un peu comme si les deux MORTE redevenaient VIVANTES en même temps. Stella avec kiné, salle de sport, rééduc. Moi rééquilibrage chimie avec nouveau traitement parce que total abandon des médocs DEPUIS DES MOIS, mise en place de tutelle volontaire, thérapie comportements alimentaires et moult rdv psy.

LA RENAISSANCE

C'est comme ça qu'on a appelé ces trois mois d'hiver chacune dans son service dans le même établissement. Pure coïncidence ou doigt du destin ? Allô y a quelqu'un là-haut ? Allô Sylvaine ??? !!!

Avant de dîner on se retrouvait Stella et moi dans le parc. C'est là que je lui ai raconté que j'avais compris le suicide de maman en devenant maman à mon tour. Toutes mes angoisses pendant la grossesse… Cette peur de pas y arriver… De devenir un danger pour le bébé… J'avais même écrit là-dessus dans un de mes carnets mais depuis la cure, rien de tout ça ne m'est plus jamais arrivé.

Si BOUFFÉE D'ANGOISSE, s'assurer d'abord que l'enfant n'est pas en danger. LE poser dans un ENDROIT SÉCURISÉ (lit parapluie, parc fermé). Le laisser pleurer. Demander de l'aide (Sofiane, voisine, pompier, police). NE PAS RESTER SANS RIEN FAIRE À SUPPORTER. Au besoin SORTIR PRENDRE L'AIR.

RESPIRER. NE PAS CULPABILISER. Se faire CONFIANCE. Se dire que ÇA VA ALLER.

Si phase MANIAQUE : URGENCE. En phase MANIAQUE le malade refuse toute contrariété. Apprendre à la REPÉRER (monologue continu, flux de pensées continu, manque de sommeil, consommation excessive de TOUT). Demander AIDE PROCHE.

Des semaines au printemps précédent avant que je quitte la maison, il ne me reste qu'un souvenir flou avec l'impression d'une DÉFERLANTE gluante comme une marée noire. Au départ il y a eu ce choc devant Eddy un mercredi après-midi où Sofiane était parti. Mon pouls qui s'accélère. Sensations de coups de poing dans le plexus et le ventre. Trouble de la vision. Mains moites. Les gouttes de sueur sur le crâne d'Eddy dans son berceau.

Avec l'euphorie de la grossesse, ça faisait des mois que je ne prenais plus aucun cachet. Ce jour-là, j'ai senti que si je restais une seconde de plus dans cette chambre bleue, ça nous tuerait, Eddy et moi. Alors je l'ai reposé et j'ai fui. J'ai couru dans les escaliers de la cité. J'ai pris le tramway. Je ne savais pas où aller.

Sur le quai de la gare devant les rails, j'ai repensé au passage à niveau près de la maison et d'un coup j'ai compris : que maman et moi on était faites du même bois. Trop tendre ou trop friable, qui plie et rompt quand on a trop forcé. Qu'elle n'était pas morte d'un accident comme tout le monde avait dit mais qu'elle avait garé sa 4L sur les rails pour attendre qu'un train l'emporte pour de bon. Après ce choc, je ne pouvais plus revenir chez moi comme ça. J'étais persuadée qu'il me fallait absolument adopter ce chien gros comme un lion sur lequel j'avais flashé sur un site d'éleveur. Un chien que Sofiane refusait d'acheter, lui qui ne comprenait pas que c'était pas seulement d'un animal de compagnie dont j'avais besoin, mais plutôt d'un garde-fou qui m'empêcherait de faire n'importe quoi. Qui aboierait pour me rassurer quand j'aurais peur, me réveillerait en cas de fuite de gaz, me secouerait en cas de danger au passage piéton, me préviendrait en cas de petits-pots brûlants ou autres accidents domestiques si courants pour les bébés comme tomber de sa chaise haute, s'ébouillanter, avaler des produits ménagers ou s'étouffer avec une pistache. Je voulais m'allier quelqu'un de fort lourd puissant pour prendre soin de ce petit être faible léger et dépendant les jours où Sofiane travaillerait. Je m'étais dit qu'on ne serait pas trop de deux pour s'occuper d'un bébé comme Eddy mais, pour Sofiane, l'idée même d'un chien ça serait toujours non.

Ce jour-là j'ai réservé le chien et j'ai pris le train. Comme il n'était pas encore sevré, j'avais le temps d'aller voir chez nous si ce que j'avais imaginé pouvait être vrai et c'est là que j'ai lu la vérité dans les yeux de papa. J'ai vu toutes ces années de mensonge qui nous avaient tous bouffés. Alors il me le devait bien, cet argent pour payer ce chien qui me rassurerait. Un chien pour protéger mon enfant de la maladie héritée de maman dont chez nous personne n'avait jamais voulu parler, alors quand papa a refusé de me donner l'argent, je l'ai poussé dans le canal et je suis partie en courant. Rien ne pouvait me freiner, pas même la douleur de mes seins pleins de ce lait gaspillé que je vidais dans les WC des gares routières.

Juste après, Samantha a accepté de m'aider et j'ai pu débarquer chez l'éleveur avec l'enveloppe de Western Union. Je n'ai pas voulu prévenir Sofiane parce que je ne pensais pas que ça durerait si longtemps. Je pensais que je prendrais Mitch avec moi et qu'on rentrerait vite même si Sofiane était fâché contre moi. J'espérais surtout qu'il se calmerait en voyant comme notre chien était beau... Mais tout de suite après l'adoption, ça s'est compliqué. Les papiers étaient déjà faits, tout était payé et j'allais repartir quand Mitch s'est mis à faire des convulsions. À la clinique, ils ont détecté la malformation. Comment le laisser ? Alors j'ai attendu qu'on l'opère, toujours sans jamais oser rappeler. J'avais honte. Je pensais bien faire mais les jours passaient. Je ne dormais plus et j'ai perdu pied, tout se mélangeait dans ma tête, les factures de la clinique à payer, les dates sur le calendrier... C'était l'été, tout le monde était en vacances, l'anesthésiste, le chirurgien, tout traînait. Qu'est-ce que j'y pouvais ? J'ai vécu sous ma tente deux mois dans le brouillard, à beaucoup dormir, à beaucoup parler à des inconnus de jour comme de nuit sur la plage aux galets tout près, à trop fumer, trop boire, trop manger avec l'éleveur qui m'a prise en pitié jusqu'à ce qu'un jour la clinique finisse par appeler : Mitchell était sauvé. À force d'attendre là, il était devenu ma raison de vivre à tel point que j'en avais oublié toutes les autres qui comptent aujourd'hui : Sofiane, Eddy, Samantha... Et maintenant Stella, son chéri Xabi et leur futur bébé. Qui sait ce que je serais devenue si Sofiane n'était pas venu me chercher ? S'il ne m'avait pas reprise dans l'état où il m'a trouvée. Il a payé ce que je devais avec le peu qu'il avait gagné. A fait monter Mitch à l'arrière de la fourgonnette. M'a ramenée de nuit jusqu'à l'appartement. Dans le salon, Samantha qui nous attendait m'a serrée dans ses bras avant de nous laisser tous les trois. Eddy dormait mais Sofiane m'a laissée quelques minutes seule avec lui dans la chambre avec tous ces parfums oubliés qui m'ont fait pleurer, sa peau poudrée, l'odeur aigre-douce de ses hoquets et son crâne aussi doux que la soie. Quand je suis sortie de là épuisée, Sofiane m'a couchée sur le lit avec à nos pieds ce gros chien qu'il a fini par aimer.

« Dors maintenant. Après on va te soigner. »

J'ai dit oui.

C'est comme ça qu'il a accepté de me garder. A cherché la cure avec Sainte Deny. A réservé la place, a réuni les fonds. A pris soin de mon Eddy et de Mitchell aussi. Deux mois plus tard, Serge l'appelait. Stella avait disparu dans la montagne et Serge avait besoin de Sofiane pour la rechercher. J'étais tellement larguée que je n'ai même pas été étonnée d'apprendre qu'ils se connaissaient tous. Pour ne pas me laisser seule à risquer de faire des conneries, Sofiane a préféré m'amener avec lui. Et à la fin de l'histoire, c'est grâce à Mitch et à moi que ma sœur a été retrouvée.

Depuis, je me sens autrement.

Plus patiente/à l'écoute/réfléchie/pense aux autres quand elle agit/pèse le pour et le contre/retarde la prise de décision/demande conseil/apprend à repérer les glissements/sait demander de l'aide/respecte que l'autre ne soit pas OK/rêve à sa portée/satisfaite de ce qu'elle a/arrête de fantasmer/ connaît ses limites/se repose si fatiguée/pas d'excès/activités physiques salle de gym + piscine 1 km crawl une fois par semaine/une soirée par mois rien que Sofiane et moi ciné ou restau. Vacances bungalow camping Landes. Promenade en amoureux forêt ou parc, shopping centre-ville.

Stella aussi, je la vois autrement. Surtout depuis que je ne cherche plus à lui ressembler comme quand on était enfants.

Un jour en fin de séance Sainte Deny m'a lancée : « Parce que vous croyez vraiment que vous vous ressembliez, avant ? »

N'empêche que moi seule l'ai sauvée de ce trou enneigé.

Entre nous il y a eu comme une voix qui nous a reliées.

La même voix qui m'a guidée sur la plaine glacée.

LA VOIX DE MAMAN ???

Ce soir au cimetière, Stella a disposé le vieux pot de chambre « vive la mariée » sur la pierre grise de notre maman. Dedans, le bouquet champêtre que j'ai fait sécher tout l'été. Sur la tombe d'à côté, dans un médaillon, le visage lisse de la petite Sylvaine de cinq ans que Stella avait peint en immense aux Beaux-Arts à Poitiers.

Avec Stella, on est restées debout à se tenir la main devant nos deux Sylvaine MORTE et enterrées. J'ai pris en photo maman dans son médaillon, jolie maman au visage triste avec ses bouclettes dorées. Quand Mitch s'est allongé sur la sépulture, j'ai sifflé parce que ça ne se fait pas mais Stella m'a serré fort la main en chuchotant *Laisse-le faire... S'il se sent bien...*

Quand on est revenues, Maïté, Xabi, Serge et Sofiane prenaient l'apéro devant le palmier tout juste planté. Stella s'est fait une tisane et moi j'ai pris un diabolo. Ce palmier, on s'est dit que Samantha l'avait choisi trop petit en prétendant qu'avec le climat d'ici il pousserait à toute vitesse mais tant pis. Il n'y a que Serge pour le trouver parfait. Il dit qu'on est encore jeunes et qu'on a tout le temps de le voir pousser. C'est drôle, à la base, le tronc qu'on appelle « stipe » se sépare pour donner naissance à deux branches identiques.

FAIT EXPRÈS ???

Il va grandir ici, le Jubaea chili des cousins/cousines.

Perfect life pour un palmier.

Royal.

Au vert.

Calme et reposé.

Remerciements

Je tiens à remercier les complices qui m'ont aidée, chacun à sa façon, à naviguer dans les méandres de ce roman : mes proches Jacques Chauvin, Frédérique Chauvin, Jean-Marc Chauvin, Annie Chauvin, François Paquet, Marie-Françoise Moine, Amandine Moine ainsi que Laurence Crété.

Merci également à la céramiste Béatrice Bruneteau, à la laborantine Monica Sabolo, au laqueur Nicolas Pinon, à Maître Sanjay Navy ainsi qu'à Monsieur Jean-François Godart président directeur de SAS La Verna La Pierre Saint-Martin et à la spéléologue Juliette Aronovitz.

Sans oublier Claude Moine *aka* Eddy Mitchell.

Enfin, je veux remercier tout particulièrement mes éditrices Pauline Ferney et Céline Thoulouze qui ont osé l'aventure souterraine à mes côtés.

MIXTE
Papier issu de
sources responsables
FSC® C003309

L'éditeur de cet ouvrage s'engage dans une démarche
de certification FSC® qui contribue à la préservation
des forêts pour les générations futures.

Pour en savoir plus :
www.editis.com/engagement-rse/

Achevé d'imprimer en octobre 2021
par Normandie Roto Impression s.a.s.
61250 Lonrai
N° d'impression : 2104909
Imprimé en France